文
景

———

Horizon

日系 | Horizon

社科新知　文艺新潮

今昔百鬼拾遗 月

こんじゃくひゃっきしゅうい

つき

KYOGOKU NATSUHIKO 京极夏彦作品 16

［日］京极夏彦 著

王华懋 译

上海人民出版社

河童 ——————— かっく ——————— 河童

河童——
亦称川太郎

——画图百鬼夜行／阴
鸟山石燕／安永五年

1

"怎么说这么没品的事……？"

她倒不这么觉得。

吴美由纪并不觉得如何，桥本佳奈却板起了脸孔。

"传说就是这么说的，有什么办法嘛？"市成裕美说，"这可不是我瞎编出来的内容哦，佳奈同学。"

"可是那个、那个……"

片刻之后，美由纪才察觉佳奈是说不出"屁股"这两个字。屁股和手脚一样，都是身体部位之一，却连说出口都不敢，这未免太离谱了。

"听说喜欢紫色的屁股。"裕美说。

"紫色？哪有那种、那种……"

"桥本同学说不出'屁股'两个字。"美由纪话声刚落，裕美便惊呼一声"哎哟"，佳奈则是尖叫，双手覆脸。

"可是……那像屁股受伤的时候，桥本同学要怎么说明？"

"那种地方才不会受伤呢，美由纪同学。"佳奈说。

"可是，对了，有可能被虫子叮咬呀？"

"讨厌啦，美由纪同学，那么丢脸的地方才不会被虫子咬呢。因为那里又不会光溜溜露出来。"

"什么光溜溜，佳奈同学这说法才没品呢。"裕美笑了。

"露出来……那是小朋友被打屁股的姿势吗？蚊子就是趁这时候叮屁股呢。好好笑。"

这景象确实好笑，因此美由纪哈哈大笑起来。裕美见状说：

"美由纪同学的笑法好像我家奶奶。也不是奶奶……是阿婆。"

"阿婆？"

"我奶奶是岩手人，口音很重。我父亲和阿婆说话的时候，也都会变成乡音。"

"什么乡音……"

这说法也很有趣。

这些人说话，似乎有自己的一套词汇，每个人都有些矫揉造作。在这种环境下，会没办法说出"屁股"两个字，也不是无法理解。

美由纪不会屈服于这样的从众压力。不，不是不屈服，而是学不来。她也试过换成更文雅一些的措辞，或是不必要地使用尊敬体，却是跌跌撞撞，一下子就露出马脚来了。

那才是像是狗颠屁股，逢迎得难看。

"相差那么多吗？"美由纪问。

"有时候完全听不懂。"裕美说，"他们的语尾都会加上'贝欸'之类的音。"

"我爷爷也会。"

"是吗？我记得美由纪同学的家乡在千叶，对吧？"

"我爷爷是房总[1]的渔夫。不过他已经不打鱼了。"

"千叶没有吗？"

——河童。

---

[1] 房总为安房、上总及下总的总称，为日本古时行政区名，范围以现今的千叶县为主。——译者注，全书下同

哪里都没有河童吧。

不，这样说就太扫兴了，但美由纪从小就不记得听过什么河童的传说。海入道[1]的话，她好像听说过，但海入道应该不是河童。

"海里面有河童吗？"

"不清楚呢。海里面抓不到河鱼，所以没有河童吧？"

"可是佳奈同学，像鲑鱼不是从海里溯河而上的吗？那样的话，海里有没有河童就很难说了。"

"不是相反吗？或许不是溯河而上，而是流向大海呀。不是有句俗谚叫'河童溺水'[2]吗？"

两名同学咯咯笑起来。

从树叶间洒下的金灿碎阳有时扎得人眼花。

是因为夏季的脚步近了吧。

星期六午后，美由纪和同学坐在校园长椅上，漫无边际地闲聊着。

这应该是稀松平常的景象，然而三人聊的话题，却与世人一般认为女学生会聊的内容大相径庭。

世人似乎认为，女学生这种生物只要聚在一块儿，就只会聊甜食、爱情这类甜腻腻的话题——虽然实际上也常听到这类内容——不过事实上并非如此。

女学生是非常普通的，美由纪想。

---

1 海入道，也称海坊主（海和尚）、海法师等，一种海中妖怪，传说愈是仰望，就会变得愈高大，但俯视就会消失。
2 "河童溺水"类似"人有失手，马有乱蹄"之意。

虽然美由纪不知道什么叫普通，也觉得世上没有所谓的普通，但她并不认为校园格外特殊。

当然，她就读的学校是寄宿制，差不多与世隔绝，因此学生会聊到的事物有限，加上年纪相近，话题自然会有失偏颇，会局限在某些事物上，但就像流行一样，并非总是固定那几样。

可不能把女学生一概而论。

事实上，现在她们在聊的就不是甜食，也不是爱情。

什么不好聊，美由纪和同学们居然在聊河童。虽然她也觉得女学生兴致勃勃地谈论河童，再怎么说都实在太奇怪了。

"会不会是称呼不一样？"裕美正色说道。

"称呼？……河童不就是'kappa'[1]吗？"

"我奶奶把河童叫作'medotsu'或'medochi'呢。是'tsu'和'chi'中间的发音。我以前都不知道她在说什么，一直以为有叫作这种名称的动物。"

"听起来好奇怪哦，那是日语吗？"

"真没礼貌，岩手在日本，当然是日语啊。可是岩手人把牛叫作'bekoko'，词汇有些不一样。母牛叫作'mekka'。"

"'beko'我好像听过，可是母牛的称呼根本是外国话了。"

"所以了，我也问阿婆说，那medochi是什么，结果阿婆说是fuchizaru。"

"更莫名其妙了。"

"其实是fuchi（渊）和saru（猿）合在一起，渊猿。"

---

1 河童在日文中汉字为"河童"，发音为"カッパ"（kappa）。

"渊？是积水的水渊吗？也不是积水，是河流水深的地方吗？"

那种地方有猴子吗？

"猴子不是住在山上吗？"

"那不是猴子，因为是住在河里呀。因为长得跟猴子一样，所以才叫作渊猿吧？"

"会吗？"佳奈质疑，"河童和猴子长得又不像。"

"像吧，外形都是小人，脸又都红红的。"

"什么？"佳奈露出前所未见的表情，"河童的脸是红的？我从来没听过。"

美由纪也从来不认为河童是红色的。

"佳奈同学是南方人，对吧？"

"我是宫崎人。"佳奈回答，"我在宫崎住到六岁。"

佳奈说，九州岛有很多河童。

"很多河童……？"

"名称也形形色色，像是 hyozunbo、sekonbo、karikonbo 等。"

听起来完全莫名其妙。

"那不是别的东西吗？"美由纪问。

"好像个别有一点差异，不过都差不多，都是河童。各个地区应该有所不同，但已经混杂在一起了，没办法清楚地区别开来。它们会啾啾叫，冬天的时候住在山里。"

这次换裕美"咦"地怪叫一声，一点都不像是她会发出的声音。

美由纪觉得有点好玩。

平素总是努力表现得像端庄淑女的同学们，只不过因为河童这个话题，就忘掉了矜持。美由纪不会说这才是她们的本性，但她们也是有这样一面的吧。

虽然美由纪自己总是这副德行。

"住在山里，那就不是河童了。"

"所以说，那不是河童，是 hyozunbo。名字里面没有河川的要素。"

"那就是跟河童不一样的东西吧？河童的话，名字应该会和河川有关吧？"

"不，就是河童呀。你说的那个 me……"

"Medochi。"裕美说。

"那个 medochi，也不是河童吧？是猴子吧？因为在我们家乡，猴子是用来驱赶河童的。"

"养猴子来驱赶河童吗？"美由纪问，佳奈说不是。

"我听说猴子和河童是世仇，猴子如果在陆地上看到河童，就一定会找碴打架。而且即使在水里，猴子的气也比河童更长，所以猴子比较厉害。"

"我才不相信。"裕美说，"佳奈同学，你说猴子可以在水里待得比较久？猴子又不是鱼，不可能的。"

"又不是我说的，只是我以前住的地方这么传说而已。而且这又不是相信不相信的问题。再说，我见过猴子，却没见过 hyozunbo 啊。"

"我也没见过 medochi。"

美由纪觉得那些生物根本就不存在，但没有吭声。

小的时候……或许是相信的。不，美由纪打出娘胎以来，应该从来没有思考过世上有没有河童这个问题——不，她根本没关心过河童这东西。

"河童会拖马不是吗？"佳奈说。

"拖马？什么意思？"

"河童会拖马的。"佳奈强调。

拖那种东西要做什么？

马的体型那么庞大。在美由纪的认知当中，河童的体型与小孩子相当，原来河童还是大力士吗？

"岩手的河童不会拖马吗？宫崎的河童就会拖马。"

"会呀。佳奈同学说拖马，是把马拖进水里，对吧？河童就是这种生物。"

这部分一样啊？美由纪心想。

"所以有些村子会在马厩的屋檐吊挂猴子的手。听说这么一来，河童就不敢靠近了。"

"猴子的手？天哪，太残忍了！"裕美说，"不过这太奇怪了。我岩手的阿婆说，medochi 和猴子是世仇，却是同类。猴子长大以后，就会变成猴子的经立这种怪物，最后变成 medochi。"

这……美由纪觉得不可能。

而且什么经立，完全听不出是什么玩意儿。

"经立是长寿的动物变成的怪物。像鸡、狼，就算是鱼，只要活得够久，就会变成经立。然后猴子的经立有时候会变成 medochi，这个 medochi 如果在家里定居下来，就会变成座敷童子。"

"那是什么？"

美由纪听得是一头雾水。

"住在座敷——也就是房间里面的童子。"

"童子？儿童吗？是小孩吗？"

"是小孩。"

"人类的小孩吗？"

"那样就只是普通的小孩子了呀。"裕美笑道，"因为是住在座敷的童子，所以叫座敷童子。像河童，不就是河里的童子吗？是同样的道理。只是外表像人类的小孩而已，但并不是人类。"

"咦？不是人的话，那是什么？怪物吗？家里怎么可能有那种东西？"

"我怎么知道呢？"裕美说，"我又没见过。也许是人看不到的东西，因为那不是人嘛。"

"河童走进人类的家里，就会变得看不见吗？"

美由纪觉得这很奇怪。

"我也听说河童可以隐身。"佳奈说，"会变得看不见。因为河童是妖怪嘛。"

"河童不是动物吗？"

"动物哪里会说话呢？而且动物也不会玩相扑。"

"河童会玩相扑吗？"

美由纪第一次听说。

但她难以想象。

无论是否真实存在，河童应该就像一种小动物才对。这种生物居然会玩相扑？就连猴子也不会玩相扑吧。

"是像狗那样彼此扑咬吗？"

"河童会向人类挑战。在九州岛是这样的。"

"在东北也是这样。河童好像会跑来找人类玩相扑。"

"那河童果然会说话嘛。"

总觉得和美由纪的认知落差极大。

也许是因为美由纪对河童有着相当特殊的先入为主的观念。

"不管是动物还是妖怪，如果会说话，那应该很可怕吧？被那种东西攀谈，教人该怎么办？会一口答应，跟它玩相扑吗？"美由纪说。

"这是传说嘛。"两人异口同声说。

"东北怎么样我不清楚，但是在九州岛，是流传已久的乡野传说。我小的时候，好像还有人看到河童，但是玩相扑的事，已经是传说故事了。"

"咦，讨厌啦。佳奈同学，你那样说很失礼呀，就好像东北是什么蛮荒的化外之地一样。要说距离东京遥远，九州岛也不遑多让呀。岩手也一样，河童会玩相扑的事，只是传说而已。在我们的传说里，河童是长命百岁的猴子变成的，进入人家，就会变成座敷童子。我听说如果座敷童子定居下来，该户人家就会大富大贵。万一离家，那户人家就会灭门。"

"真伤脑筋。"佳奈说。

"有什么好伤脑筋的？难道有座敷童子离开了吗？"

"我从来没听说过那种东西。况且，如果根本看不见，怎么会知道离开了呢？河童才不是那种古怪的东西，河童就是河童。在我的故乡，河童好像是人偶变成的妖怪。"

"啊？"美由纪发出怪声。

一个接着一个，愈说愈玄了，美由纪想。

实在是……

"这不可能。"裕美笑道，"佳奈同学说的人偶，是指娃娃吗？这未免太荒唐了。是女儿节娃娃、市松人偶、换装娃娃那些人偶吗？这些东西连生物都不是呢。"

"反正都是妖怪吧？"美由纪说，"既然是妖怪，什么都有可能吧？"

不管是猴子还是人偶，都不可能变成河童。如果你觉得可能，那南瓜、蜥蜴我觉得也行。枕头也好，梯凳也罢，不管什么都可以。

"如果什么都有可能，那就没什么好说的了。只是就这样算了的话……总教人不甘心。"

美由纪觉得这没有什么好争的，但因为觉得有趣，就没有插嘴。

再说，这两位同学平素爱聊的都是些闪闪亮亮、如梦似幻的话题。连"屁股"两个字都讲不出口的女孩，居然为了河童较真，那么当然是继续让她们发挥要好玩多了。

"河童是人偶变成的，这不是我们故乡的传说，而是从邻近的县迁过来的人告诉我的。这里说的人偶，我觉得是类似稻草人的东西。据说是古时候有个知名的木匠师傅在进行大工程的时候，因为人手实在不足，所以为人偶注入生命，把它们当成工人使唤。"

"那是……魔法吗？"

"不知道，毕竟是古时候的事了。工程完全结束以后，那位木匠不知道该如何处置那些用完的人偶，就全部丢进河里了。然后……"

"就变成河童了吗?"裕美状似不服地说，"这太奇怪了。稻草人和河童不会差得太远了吗?"

"会吗? 河童的手不是很长吗?"

"猴子的手也很长呀。"

"河童的左右手是连在一起的。拉右手就会伸长，然后左手跟着缩短。喏，稻草人的两只胳膊不是一根棒子吗? 就跟那是一样的，但猴子并不是这样吧?"

"真要这么说的话，稻草人也没有毛啊。稻草人也不会动。不，别说稻草人了，人偶也没有毛。"

"咦，有呀，像市松人偶就有头发呀。"

市松人偶的头发……应该是植上去的吧? 美由纪这么想，但没有多话。

"而且市松人偶还是河童发型[1]呢。"

"因为这样就说人偶会变成河童，太好笑了。"裕美说，笑了起来。

"可是河童就是人偶变的呀。什么童子的妖怪，我才没听说过呢。而且 hyozunbo 夏天住在河里，一入秋就会进山里去了。"

"那就不是河童，是山里的童子了吧? 那到底要叫什么? 山童?"

---

1 在日文中，娃娃头发型就叫作"河童发型"。

"没错。"佳奈回答，"所以所谓的 hyozunbo 或是 sekonbo，或许是在山里的时候的名称。总之，我听说河童会像候鸟一样迁徙。"

"候鸟？ Medochi 是候鸟吗？"

"Hyozunbo 啦。因为 hyozunbo 会飞。"

裕美瞪圆了眼睛：

"这更离谱了，河童可没有翅膀。如果佳奈同学说的那东西是河童，没有翅膀要怎么飞呢？拍动手脚的蹼吗？还是像弓箭一样射出去？还是像云一样轻飘飘地浮在天上？稻草人不会飞吧？这么荒诞古怪的事，就算是传说也太离谱了。河童是山里的猴子活得够久，变成渊猿，住在河里做坏事，最后进入人家成为守护神。作为传说故事来看，这样也更精彩完整多了，不是吗？"

"可是即使活得再久，猴子都不可能住在水里吧？"佳奈说。

这一点美由纪也同意。

"就像鱼不会爬上陆地吧？"

"稻草人也不会在天上飞呀。"

"河童不是稻草人，是被施了魔法的人偶变成的。不管怎么样，都不是什么上了年纪的猴子。"

"是吗？"

各执己见起来了——倒不如说，两人都乐在其中。

"还是猴子啦。证据就是，不管是猴子、河童还是座敷童子，脸都是红的。猴子的脸不是红色的吗？座敷童子也是红脸。"

"我没听说过那什么童子。"佳奈说，"而且 hyozunbo 又不是红色的。那该怎么形容好呢？是茶色，或者说褐色，是常见的动物颜色。河童是这种颜色。"

"什么叫常见的动物颜色？这太模糊了。譬如说什么颜色？"

虽然佳奈想要表达的意思可以理解，不过世上应该有形形色色的动物，颜色也五花八门，但想想周遭可见的动物，体色顶多就是白色、黑色或褐色，不同于禽鸟，想不到有什么体色接近红、蓝、黄这类原色的动物。

"要说的话，就是褐色呀。"佳奈答道，"像狗或黄鼠狼那样的颜色。和水獭那类动物一样的颜色。这些动物的颜色并不抢眼吧？即使有点偏红，也都在褐色的范围内。"

"猴子的脸是红色的。"

"所以了，红脸的动物也就只有猴子了吧？河童的脸像猴子一样红？我无法想象。你说是吧，美由纪同学？"

"河童……不是青色的吗？"

美由纪这么一说，两名同学都一脸愣怔，瞬间沉默下去。

真好玩。

"也不是青色，是绿色的吧？喏，就跟青蛙一样的颜色。"

美由纪一直感到如鲠在喉。因为她认知当中的河童并非兽类。河童应该比较接近两栖类或爬行类吧？

"怎么会呢？"原本针锋相对的两人突然同仇敌忾起来了。

"怎么可能是那种颜色？那才是太离谱了。要说绿色的话，我觉得红色还比较接近。也不是红色，如果是赤黑色的话……就是，如果是乌龟那种颜色，还可以理解。"

"就是说呀，才不是青蛙呢。可是是红色的。像脸就是大红色的。再说，又不是鹦鹉或鹦哥，世上哪有那种全身长满绿毛的动物呢，美由纪同学？"

"毛？"

原来河童有体毛吗？

佳奈说的褐色，不是皮肤的颜色，而是毛色吗？既然举黄鼠狼和水獭当例子，表示佳奈认为河童有体毛吧。不，就算支持裕美，这一点也一样吗？仔细想想，猴子也是，除了脸以外，全身上下都是毛。不——河童的身体有毛吗？不是光溜溜的吗？

"河童不是滑溜溜的吗？也不是滑溜溜，怎么说，就像壁虎那种感觉……"

美由纪只看过这样的河童图画。

倒不如说，美由纪对河童的记忆，似乎仅限于画上的河童。虽然不记得是何时在哪里看到的，但到处都有河童的画像。

"那是漫画。"裕美说，"野狗黑吉[1]也是狗，可是现实中才没有那种狗。身体涂成黑色，那应该是黑毛的意思吧？貉也是，图画和塑像虽然是那种造型，但其实应该是长得像狗的动物吧？"

确实，那是简略化的漫画，不可能把毛一根根画出来。不是写生的话，外形当然也不同了。塑像也是同样的道理。

但颜色呢？

"颜色也完全不一样呀。真实的黑狗才不像那样一团漆黑，真正的貉也是，和塑像，还有漫画不一样，整体是偏黑色的。那些创作的东西，都经过省略或是夸张吧。"

---

1 《野狗黑吉》是田河水泡的漫画作品，描绘加入狗军队"猛犬联队"的孤儿野狗黑吉的故事，后来被改编为动画。

"就是说呀。我回家的时候，有时候会读哥哥的漫画书，漫画书里还真会出现一些奇怪的东西。像章鱼也是，明明是活的，却画成红色的，熊也是一团漆黑。"

确实，图画与实物不同。外形相异，颜色也不同。

但颜色都很**接近**。

真正的章鱼如果要形容，应该是灰色的，但只要烫熟，就会变红。美由纪是渔夫的孙女，很清楚这一点，但一般人看到的都是烫过的熟章鱼，所以漫画才会画成红色吧。因为许多人都看惯了熟章鱼，误以为章鱼是红色的，所以才会画成红色。

但应该没有人把章鱼画成绿色的。因为不管是炸还是冰镇，无论怎么料理，日本的章鱼都不会变成绿色。

那么河童也是如此吧。

既然画成绿色，一定就有这么画的理由。因为有许多人认为河童是绿色的，才会画成这种颜色，不是吗？

"可是我觉得河童是绿色的。"美由纪说。

"不可能。"两人应道。

"Medochi 和渊猿，脸都是红色的。"裕美说。

"Hyozunbo 和 sekonbo、karikonbo 也都不是什么绿色的。"佳奈说。

"等一下。"美由纪打断她，"那个，我问个基本的问题，你们说的这些真的是同一种东西吗？全都是河童？"

"是河童呀。"两人异口同声说。

"Me……什么来着？ Medachi ？ Medotsu ？跟那个渊猿是一样的东西吗？"

"一样，又不一样。"裕美说。

"那九州岛那边呢？那个 hyo 什么 se 什么的，有很多不是吗？那些都是一样的东西吗？"

"我不知道。不过基本上都当成同一种东西，感觉也只是名称不一样而已。"

"那就类似我们会把狗叫成汪汪吗？还是说因为各个地方的方言不同？"

美由纪总觉得并非如此。

"那些名称，连河童这个词的边都没有擦到啊。相差这么多，两位怎么能断定它们就是河童呢？这一点让我觉得有些疑问。"

两人面面相觑。

"一定也有绿色的河童。"

一道声音忽然插了进来。

长椅后方的大榆树背后，小泉清花探出头来。

"……小泉同学。"

一样是美由纪的同班同学。

"咦，讨厌啦，清花同学你偷听我们说话吗？真没家教。偷听是不好的行为。"

"我本来就待在这里，可没有偷偷摸摸。而且我一点都不想听，是你们自己说给我听的。你们还没到这里来之前，我就一直坐在这棵树后面看书。即使不愿意，声音也会自己传进耳朵里。"

"呀！"裕美和佳奈惊呼，又面面相觑。

"吵得人分心，根本读不进书。"清花说着走到长椅旁边。

她的裙子粘到草叶，应该是真的坐在草地上吧。怎么不铺条手帕呢？美由纪想。

"我是东京人，家里代代都住东京，是不折不扣的江户人。东京也有很多河童。"

"原来东京也有……"

美由纪站起来让位。清花露出诧异的表情，说了声"谢谢"，细心地拂去裙子上的草叶后坐下。

"各位，听仔细了。哈巴狗和柴犬，长得完全不一样对吧？柴犬的眼睛没有哈巴狗那么大，哈巴狗的毛也没有柴犬那么短。像土佐犬，长相就非常凶猛，可是它们全都是狗。"清花说道，"对吧？"

"嗯，都是狗没错。"

"可是，如果一个人只知道土佐犬这种狗，当他看到哈巴狗，会认为那也是狗吗？会把它当成长着白色和黑色的长毛、眼睛大得诡异、个性温驯、叫声可爱、身材娇小得要命的土佐犬吗？"

"应该不会吧。"佳奈说。

"我不知道土佐犬长什么样子。"裕美说。

美由纪则想不起哈巴狗是怎样的狗。

"我家养了一只哈巴狗。"清花说，"名字叫阿角，它的身量比野猫还要小。我们是因为知道它是狗，才会把它当成狗吧。如果听到它是另一种动物，应该也会接受。因为比起来，貉、狐狸和狼更像狗。可是，大家都知道那些动物不是狗，所以不会把它们当成狗。"

"但我也不知道狼和狗有什么不一样。"

美由纪连狼都没有见过。

"可是狼就是狼。"清花说，"狼不是狗，听我说，狗是汪汪叫的。"

"哈巴狗也是汪汪叫吗？"

"有时候听起来更尖，但那是因为哈巴狗体形娇小。人类也是，有些人嗓音高亢，有些人嗓音低沉嘛。"

美由纪没有听过，但听说狐狸是嗷嗷叫。至于貉和狼的叫声，她就不知道了。

不过没错，狗是汪汪叫的。甚至有时候会用"汪汪"来称呼狗，这表示大部分的人听起来，那叫声是"汪汪"吧。

也许外国人听起来又不一样了。

"外表和脾气截然不同，但一样都是狗。猫不也是如此吗？有花猫，也有白猫。虎斑和黑猫，也一样都是猫。如果有人问猫是什么颜色，也只能说有各种颜色，对吧？"

"西洋猫种类更多了嘛。"佳奈说，"我记得暹罗猫和波斯猫，颜色、毛长，还有长相，都完全不一样。"

"可是一样都是猫。有的猫是短尾巴，但没有长角的猫，也没有汪汪叫的猫。猫都是喵喵叫的。猫和狗各有最基本的标准，是不是这样呢？"

"意思是河童有许多颜色吗？"

"难道不是吗？"

"那，河童……对，河童不是应该都有盘子吗？"美由纪说。

河童应该有盘子。

画上的河童，头顶大抵都画了个盘子。即使是没有上色的黑白画，只要有盘子，就知道是河童。

不过倒不如说，画上的河童，看起来只是秃了头。即使说那是盘子，美由纪也不清楚是怎样的构造。

虽然不清楚，但头上的盘子，不就是河童的独有特征吗？

"我听说 hyozunbo 有盘子。"佳奈说，"盘子里面有水，如果盘子里的水干了，河童就会变得虚弱。我也听说过和人类玩相扑的时候，如果盘子里的水泼出来，河童就会虚弱无力。"

"那不会太困难了吗？"

头上顶着盛了水的盘子，在不让水泼出来的情况下与人玩相扑——美由纪觉得这形同不可能完成的任务。即使盘子固定在头上，连要正常走路都很困难吧？除非就像走在平衡木上，保持上身不动，否则光是踏出一步，水就会泼出来了。

这个问题暂且搁一边……

河童是有盘子的。颜色姑且不论，美由纪无法想象没有盘子的河童。

"那，盘子就是关键吧？"美由纪说。

裕美却问："什么盘子？"

"呃，就是盘子啊。"

美由纪把手掌放到头顶。

"河童不是有盘子吗？"

"什么意思？头顶上放个餐盘吗？还是头顶上凹个洞？我无法想象。"

"咦？市成同学，你没有看过河童的画像吗？"

裕美用食指抵住嘴唇：

"我看过河童画像，不过那只是没有头发而已吧？我一直以为是正中央秃头呢。噌，就像古时候天主教的传教士那样。那叫什么来着，剃发礼[1]吗？"

看起来确实有几分像。而且是图画。

"那样的话还可以理解。再说这盘子……我不是很懂。Medochi 有这种东西吗？我好像没听说过呢。"

"那……"

那个 medochi 就不是河童了吧？

"那是不是别种东西？河童的话，应该要有盘子才对吧？"美由纪说。

"就是说呀。既然是河童，就应该有盘子。裕美同学，这样你还要坚持说那奇怪的东西是河童吗？"佳奈说。

"嗯……"裕美沉思起来，"那或许 medochi 有盘子吧。可能只是我不知道而已。可是，那盘子有那么重要吗？"

"猴子就没有什么盘子嘛。"佳奈刻意坏心眼地说，"假设猴子有盘子好了，那是上了年纪以后，头顶就渐渐凹陷下去吗？有这种事吗？还是你们岩手流传的是猴妖，而不是河童？河童的话，应该要有盘子才对。"

"也不是这样。"清花说，"我家有古老的绘画，上面——噌，不是有条河叫利根川吗？上面画了据说在那里出没的河童的模样。不是漫画，而是古画哦。可是那张画上的河童就没有什么盘子。"

清花指着头部说。

---

1 剃发礼，过去在天主教中，剃去头顶部分毛发的仪式，以示圣职者献身信仰。

"是普通的披头散发。毛绒绒的，就像个猴子。"

"看吧，果然是猴子嘛。"裕美说，"那脸是红色的吗？"

"等等、等等。"清花打断她说，"所以说和颜色无关呀。或许外形是像猴子吧。不过仔细想想，外形像人类的小型动物，不就只有猴子了吗？那么会像猴子也是当然的呀。"

"可是猴子没有甲壳吧？"美由纪开口。

三人轮番抬头看美由纪。

"河童……有甲壳，对吧？"美由纪试着向她们确认。

画上的河童大部分都有甲壳。

在美由纪的记忆里是这样的，虽然印象模糊。

"对，九州岛的河童……应该也有甲壳。我想是跟漫画里的河童一样的甲壳。"佳奈说。

"是像乌龟那样的甲壳吧？"

"对，可是……这么一想，几乎没有人提到甲壳呢。也许hyozunbo没有甲壳也说不定。那么有甲壳的或许是类似的别的东西。"

毕竟会飞嘛，美由纪心想。背上有甲壳，又会飞翔，这种生物实在难以想象。

"那岩手呢？"清花问。裕美侧过头来说：

"岩手吗？岩手有吗？这么说来，我是没有想过，但感觉好像有。可是好像也没怎么听说过。"

"我看到的画上也没有甲壳。那是很古老的画哦，那叫作古文书吗？是江户时代的画。也许是我的曾祖父临摹下来的，所以是明治时代以前。是江户时代呢。"

"那……河童也没有甲壳吗？"美由纪说。

她一开始只是随口附和，这时却渐渐心生不满了。

从刚才开始，美由纪所知道的河童就不断地遭到否定。没有盘子也没有甲壳，甚至也不是绿色的，她已经不知道河童还能是什么样的了。

是我从根本上搞错什么了吗？

"那，我知道的河童是什么？有盘子、有甲壳、滑溜溜的、绿色的……这不就是普通的河童吗？"

"在千叶是这样传说的吗？"清花问，"千叶的河童长那样吗？"

"不是的。我没怎么听说过河童的事。小时候爷爷会跟我说些海中妖怪的传说，可是那又不是河童。"

倒不如说，河童到底是什么？

"总觉得输了。"美由纪说。

"输？输给谁？"

"输给河童。"美由纪说。三人炸开似的大笑起来。

"因为每个人都说不是啊，这样会让人觉得受骗了嘛。河童没有盘子，也没有甲壳吧？我还一直相信河童是黄瓜那样的颜色……"

"那不是颜色，是河童爱吃的东西。"裕美说，"河童不是喜欢吃黄瓜吗？"

佳奈也赞同："对对对，河童喜欢吃黄瓜和茄子。"

"啊？这是共通点吗？"

用喜欢吃的东西来定义也太奇怪了吧？

爱吃的东西……

"对了。"美由纪想起来了，"河童不是喜欢红豆麻糬吗？"

"咦！"三人同时抬头看站着的美由纪。

"哎哟，河童才不会吃那种东西呢。那可是河童耶？"

"是吗？那我怎么会这么以为？心理作用吗？"

美由纪无法想出确切的原因。

"说到河童，当然是黄瓜和茄子啰。"佳奈说，"东北和九州岛都一样的话，应该全国都一样吧？然后，对了，我听说河童喜欢吃人类的内脏……"

"内脏……？"

"这就是重点。"清花说。

"重点？内脏吗？"

"对呀，美由纪同学。这里说的内脏，是指心啊肺啊那些，对吧，佳奈同学？"

"对呀，像肝脏那些。"

"那么我请教一下。佳奈同学，虽然我不知道那东西叫什么，不过九州岛的河童是怎么吃那东西的？"清花问。

佳奈不知怎样回答："怎么吃……？"

"内脏在肚子里面。"清花用手按住自己的肚子说，"要怎么吃？"

"用咬的。"美由纪说，"狮子和老虎都是这么吃的吧？"

"食肉动物是吃肉。河童不是跟肉一起吃，如果只吃内脏的话，就得先弄出来才行吧？河童是剖开肚子，把内脏掏出来吃吗，在九州岛？"

"我从来没听说过这种事。"

"那就是……从屁股，对吧？"

"又说那种不雅字眼……"

佳奈似乎非常讨厌"屁股"这两个字。不知道是害羞还是厌恶，不管是说出口还是听到都让她排斥吧。

"如果河童也吃肉的话，传说应该会说是抓人来吃吧？吃人的鬼可以理解，但吃人的河童，好像没听说过呢。既然会说河童吃内脏，而不是肉，应该是从某个地方把内脏拔出来吧？"

"所以我就说是从屁股嘛。"裕美有些得意扬扬地说，"我一开始不就说了吗，是从屁股拔出来。"

"从屁股拔出内脏吗？"

美由纪对屁股并不忌讳。

每个人都有屁股。

"因为从嘴巴又拔不出来。"

"从屁股洞？真的吗？"

"我的天哪！美由纪同学！"佳奈蒙住了脸。

她整张脸都红了。

"因为如果不剖开肚子的话，除了这么做以外，就无从取出内脏呀。听说溺死的尸体都是开的哦。"

"肛门……？"

肛门是开的，"不要说了，美由纪同学！"佳奈的脸就像火在烧。

"桥本同学，你的脸再红下去，就要变成岩手的河童了。屁股不行，肛门也不行的话，也没别的说法啦。难道要说屎窟吗？"

"别说了别说了！"佳奈说。

真好玩。

清花开口："所以了，河童就是会找那个佳奈同学说不出口的身体部位下手。"

那么，共通点不是盘子、不是甲壳，也不是颜色，而是对屁股下手这一点吗？

的确，是蛮没品的。

"就是呀，河童喜欢屁股。"裕美说。

"可是市成同学，这样的话，和颜色就无关了吧？"美由纪问。

记得刚才裕美说河童喜欢紫色的屁股。

"如果河童吃屁股的话，或许和屁股的颜色也有关系……但喜欢内脏，吃的是内脏的话，屁股本身就无关紧要了吧？我觉得不管屁股是紫色的还是黑色的，都没有关系。"

"就是啊，裕美同学。你刚才不是说那个……**那里**是紫色的吗？"佳奈羞红着脸说。

"是呀。就像桥本同学和市成同学认为河童不是绿色的，我也不明白人的屁股怎么会有紫色的，是瘀青吗？"

除非撞到内出血，否则皮肤不会变成青色。

"屁股的话，是指皮肤的颜色吧？青色是什么样子？"

"据说是比起青色，紫色的更好。紫屁股好像称为上上臀。"

"嗯……"

这……美由纪觉得不是女学生应该放在嘴上说的词汇。

不过，也许误以为是咒文还是什么了，讨厌屁股的佳奈愣了一下，问："那是什么？"

"意思就是，紫色的屁股是特优级的，特别美味。"

"天哪，真讨厌！"

佳奈捂住了耳朵。

裕美、清花和美由纪都捧腹大笑。

"可是市成同学，不管屁股是什么颜色，和内容物都无关吧？我疑惑的就是这一点。不管外观是什么颜色，要吃的不都是内脏吗？难道内脏的味道会因为屁股的颜色而不同吗？再说，看外层的皮肤颜色，就能知道内脏的味道吗？而且紫色的屁股——"

"喏，美由纪同学，小婴儿的屁股。"

"噢……"

是指蒙古斑吗？

确实，小婴儿的屁股会有像瘀青的大片斑痕。但为什么叫作蒙古斑？是不是每个人都有？自己以前有没有？美由纪都不知道。

"那长大以后就会消失，对吧？"裕美说。

"是吗？"

"是呀，我四岁的侄子已经完全没有了。他裹尿布的时候，真的是一片紫色。好像也有些人即使长大了也不会消失……难不成美由纪同学还有吗？都已经长这么大了。"裕美抬头看站着的美由纪说。其他两人也跟着抬头看。

美由纪应该是同年级里面最高的一个。

她就像梅雨时节的竹笋，不停地抽高。

小时候她觉得很开心，但最近对此不怎么高兴。

她确实是人高马大没有错——不，她觉得这是年龄的问题，而不是身高的问题，不过……

裕美那说法就好像美由纪比她们都要年长。

不，口吻本身倒像在对小孩子说话。

美由纪说她不知道。

"人又不会去看自己的屁股，就算想看，也看不见呀。如果想看，就只能照镜子了吧。我才不做那种事呢。还是怎样？难道市成同学会看吗？不，不会吧。小泉同学会看吗？哎，桥本同学呢？你不会看自己的屁股吧——"

佳奈又捂住耳朵拒绝听。

裕美开口："所以，意思是不是小孩子比较好吃？屁股还留有那个蒙古斑？还留有那种胎记的年纪的小朋友的内脏，一定是河童最爱吃的东西。我这么解释。"

原来如此。

"嗯……听你这么一说，比起老人家，感觉婴儿的屁股比较新鲜，也比较柔软可口……"

"美由纪同学说得好像自己要享用一样。"裕美笑道。

"我是河童啰？"

"河童才没这么大只呢。Medochi 也是小孩子的大小。九州岛那个叫什么的，有美由纪同学这么大吗？"

佳奈小声说："跟小孩子一样大。"

"应该有各种不同的种类吧。"

"刚刚不是才说，与其说是有许多种类，或许只是名称不同而已？又不是名称不同，就会变成另一种东西，而且也有相反的情形呀。还有许多我不知道的称呼嘛。"

"没有高大的河童吗？"

"一般都是小的。"

"你们啊，一直高大高大，很没礼貌耶。"美由纪抗议，三人各自苦笑。

"如果冒犯到美由纪同学，我向你道歉。我并没有说你坏话的意思。"

"我是真的很高，所以不觉得是坏话，可是才不想被当成河童哩。"

"原谅我，美由纪同学。"佳奈说，"论身高的话，我最河童。"

"什么最河童……"

美由纪噗哧一声笑出来。

三人也都笑了。

笑着笑着，美由纪突然想起来了。

"啊，对了，千叶也有河童。"

"美、美由纪同学，你可别说是你哦，我会笑破肚皮的。"

"不是啦。这么说来，我老家不远处的村子有座神社，我有亲戚住在那里。我记得那里叫河童神社……没记错的话？"

"河童的神社？河童又不是神，会有人祭祀吗？"

"咦，佳奈同学，我们东北也听说有些地方供奉河童哦。但不是当成水神祭拜……"

河童……没有神明的感觉。

所以美由纪才会迟迟想不起来。

"是吗？水神是供奉在怎样的地方？那里没有海，要说的话，比较接近山区……可是有河，所以都算有水吗？不，或许不是。印象模糊。字好像不一样。"

到底叫什么来着？

"可能不是河童。记得有'河'这个字，不过'童'就不确定了。咦？那座神社是在战争中烧掉了吗？祠堂还在吗？记不清楚了。啊，对了，可是以前有祭典。也不算祭典，是当地活动吧……现在可能已经没有了。"

"是河童祭吗？"清花问。

"嗯……我有实际参加过吗？印象中好像有，还是只是听说而已？记得听说过好像有小孩子抬神轿，玩相扑，但有没有看过，印象很模糊。那村子在山上，我去过好几次，但因为很远，不是很熟悉。怎么会突然想起来呢……？"

总元村——美由纪记得似乎是这个村名。

虽然是邻村，但距离以前的老家相当遥远。记得也有河，所以或许也有河童。不，应该说有河童的传说吗？

说到传说……

对了。

那是……

"好像有听过河童的什么事。对了，是听铫子的人说的。"

"铫子是什么？"

"地名。在外房¹的边角。"

"利根川的尽头呢。"清花说。

"尽头？"

"利根川应该是横穿关东，流经铫子入海，各位也应该好好学习地理。那位铫子的人说了什么吗？"

"啊，对对对，我想起来了。"

---

1 外房，即外房总，今指千叶县南部，房总半岛面对太平洋的地区。

是屁股。

美由纪的日常生活没有河童介入的余地。

这十五年来，她的生活与河童毫不相干。河童并非近在身边的事物，美由纪本身也不曾对河童感兴趣。

但她也并非完全不知道河童这种东西。广告或漫画上出现河童的话，她会毫无疑问地心想"噢，是河童"，这代表她应该有不少预备知识。那么，她是在什么时候、如何得知的？

一般不可能知道缘由吧。

裕美和佳奈应该是从小就听着那些名称古怪的河童的故事长大的；从口气听来，清花应该也是怀着一定的兴趣接触过河童。

但美由纪不同。

美由纪连一次都没有去思考过河童。

也不曾想到河童这个词。看到河童的画像时，脑中也不会响起"河童"这个词的音，或浮现"河童"这两个字。

就只是不会去疑惑那是什么的程度而已。实际上她不知道河童的底细，但姑且具备关于河童的知识吧。这种程度的事物多得是。大象和长颈鹿也是，她从来没有亲眼见过，也没看过狼和土佐犬。狐狸的叫声她虽然不曾亲耳听过，但知道是什么叫声。了解程度和河童半斤八两。

但仔细想想，那些所谓的传说也没人跟她讲过。

美由纪认为正因为如此，听到河童传说的体验本身，才会成为应该相当特殊的一件事，留存在记忆一隅。

"就是，铫子离我家相当远，我们家不知道那种传说，也没有那种习惯，不过那个人——他应该是渔夫，他说他们住的地方有个习俗，会在鼻头抹上红豆泥，偷偷跑去河边，然后把屁股泡在水里。"

佳奈红了脸，其余两人惊呼"怎么会"，笑了起来。

"什么跟什么？太古怪了吧？光屁股泡在河里面吗？这实在很好笑耶！"

"嗯……那个人好像是说，只要这么做，就会身体健康，也不会被河童攻击的样子。他好像还说也有其他地区会这么做。"

"那做了吗？"清花问。

"做？谁做？我吗？喂，我就说我只是听说而已呀。不是说我家没那种习俗吗？好好听人家说话，行吗？"美由纪模仿同学的口吻说。

三人真的捧腹大笑起来。

没错，她是听到屁股才想起来的。

记忆会产生连锁反应。

"对对对，他还说了别的，要供奉……树？还是株……株什么的……"

"什么？"

"对，是叫**株垂**饼的东西。在铫子那里会供奉这种东西。这是用红豆泥包起来的麻糬，所以我才会以为河童喜欢红豆麻糬。"

"美由纪同学，那个人是不是在唬你呀？"

"唬我有什么好处？"

"说的也是。"清花说，"如果是要胡吹骗人，应该会编出更像样一点的内容。不过世上真有奇妙的习俗呢。那真的很古怪。"

对美由纪来说，其他地方的传说感觉全都相当稀奇古怪，是她的认知问题吗?

"可是美由纪同学,你的记忆力真好。居然连那种听都没听过的点心名字都记得。"

不,美由纪直到前一刻还忘得一干二净。

"是突然想起来的。然后我刚刚顺带也想起来了,邻村的神社叫作河伯神社。"

"河伯?"

"不知道什么意思,不过记得是伯爵的伯。"美由纪说。

"咦,那里供奉着伟大的河童吗?"

"不清楚。但既然特地供奉起来,应该很伟大吧。"

"那边也会泡屁股吗?"

"地方不同啦。不会泡屁股啦。那里会举办类似儿童祭的活动。总之,千叶也有河童啦。"

"那当然了。"清花说,"因为河川是相连的。那里有利根川和夷隅川那些吧?河童才不管藩界或县界。"

嗯,确实是这样没错。

"不过,"清花说,"把屁股泡在河里,这我有些无法信服。"

"我可没撒谎。"

"我不是怀疑美由纪同学,只是这样的传说有点奇怪呢。如果不是美由纪同学被人唬了的话,真的很奇怪。"

确实,美由纪也觉得很怪。

那画面简直惹人发噱。

"我觉得要是那样做,反而更危险。因为河童喜欢屁股呀。"清花说。

"哎……你们为什么净说些没品的事呢？"

佳奈板起脸孔。

"河童喜欢的是黄瓜、茄子，还有内脏，不是吗？就算内脏是从那个、从那里拔出来……"

"不是的。河童应该是喜欢屁股**本身**。"清花这么说。

"清花同学是疯了吗？"裕美也赞同佳奈，"河童吃的是内脏啦。"

"河童吃的不是内脏，是尻子玉。"

"那是什么？"美由纪等三人齐声反问。

"你说什么玉？"

"尻子玉呀。"

"……什么？那是某种内脏吗？"

"嗯……"清花就像大人一样抱起手臂低声沉吟，"不知道。"

"什么不知道……"

"是类似屁股的塞子的东西。"

"啊？什么塞子？你说珠子吗？就像弹珠汽水那样吗？"

美由纪的话让包括美由纪自己在内的所有人几乎同时噗哧笑了出来。

"不要说了，美由纪同学，什么弹珠汽水，我肚皮要笑破了！"

"可是都是小泉同学说什么屁股的塞子……"

"可是就是这样啊。河童会拔掉尻子玉。"

"塞子被拔掉会怎样？"

"就是，佳奈同学说不出口的那个地方会打开呀。一定是的。"

"天哪，我不要听，太下流了！"

佳奈虽然面红耳赤，却也笑个不停。

"听说如果尻子玉被拔掉，人的五脏六腑就会脱落，变成窝囊废。"

"如果塞子拔掉，肛门松开的话，当然会漏光光吧。"美由纪说。每个人都已经笑得前仰后合，不可收拾了。

"内脏也可以爱怎么拿就怎么拿。插进去、抓出来。"

"不要说了！"裕美道。

校园里其他学生也都纷纷侧目。她们一定很纳闷发生了什么事。

这也难怪，她们平常不会这样哈哈大笑。

生活在寄宿制学校宿舍的女学生，表面上是很淑女的。

看着她们的同学，应该也没想到她们居然在为如此下流的话题捧腹大笑吧。

"我不行了，美由纪同学，太好笑了。可是，嗯，是啊，我也在别的地方读到过，说河童不是吃内脏，而是吃尻子玉。"

"吃那种连存不存在都不知道的东西？"

"应该是有什么讲究吧。也有故事说，河童不是吃尻子玉，而是搜集起来，当成年贡。"

"年贡是什么？又不像古代的百姓。河童也有收税的代官[1]吗？"

大伙又笑了。

美由纪是很自然地感到有疑问，但似乎戳中了同学们的笑点。

1　代官，日本江户时代的地方官，负责收取赋税及一般行政工作。

"不、不是代官啦，听说是龙王。"

"龙王？龙的老大吗？河童是龙的同类吗？"

"应该是水神吧？"

"啊，原来如此。也是，都有河童的神社了，应该是那类水神的同伴吧。等一下，那也就是说，是这些神在吃吗？吃那个……"

尻子玉……

"那是屁股的塞子吧？"

"不知道。或许有相当于尻子玉的内脏也说不定。不过传说就是这样说的，没办法。你说的把屁股泡在河里，也够好笑的了，对吧？"

"是呀。那，泡在河里的话，塞子有可能会被拔掉——啊，所以小泉同学才会说奇怪吗？"

"很奇怪呀。因为河童喜欢屁股呀。"清花说。

佳奈又蒙住了脸。

裕美说："对呀，我想说的就是这个。"

"哪个？"

"喜欢屁股这一点。"

"哎哟……"

"我知道很没品啦。"裕美说，"追根究底，都是佳奈同学那么极端讨厌屁股，才会愈说愈离题了。听好了，听说河童会躲在洗手间里，偷摸妇女的屁股呢。"

"咦！"

看佳奈的表情快要哭出来了。

"这……不是太可怕了吗？原来河童根本就是不知廉耻的东西吗？还是想要偷拔尻子玉？"

"是不知廉耻没错，是所谓的 H。"

"呀！"佳奈尖叫，"不、不仅下流，还很 H 吗？"

美由纪觉得佳奈的反应也无可厚非。

最近常听到"H"这个词，但美由纪对它的意思一知半解。不过可以确定，不是什么正面的词语，而且带有强烈的性方面的意思——或者说，根本就是性词汇。

据说原本是来自"变态"（hentai）一词的首字母。

变态到底是怎样的一种人，美由纪不太了解，但她觉得变态应该就是会做些不知廉耻的事情的人。

既然如此，嗯，是很下流。

"古时候的洗手间应该有许多空隙。所以河童会溜进去，像这样……"

裕美伸手，佳奈闪躲。

"那个故事我也听说过。"清花说，"好像有河童被刚强的妇人砍断手臂，对不对？"

"那位妇人带着刀子上厕所吗？"佳奈问。

"古时候的人嘛。一定是武家妻女，所以怀里一定都放着短刀之类的，作为护身之用。"

那确实非常谨慎，美由纪想。现代也一样，小心点准没错。

但她也觉得连上个厕所都要带刀，未免小心过头了。古时候连家里都这样危机四伏吗？她觉得就算是武士，也不会腰间插着刀子上厕所。

"那，那个H的河童被砍伤后跑掉了吗？"

"那算砍伤吗？伸出去的手臂可是被一刀两断呢。"

"天哪，太残忍了。"

"当然，河童落荒而逃。不过，后来河童跑来赔罪，请对方把砍断的手还给它。"

"咦？还给它？他们会把砍下来的手收起来放着吗？太恐怖了。再说，那种色色的河童的手，留着做什么呢？一般不会直接丢掉吗？"

"只是普通的色狼也就算了，但那毕竟是河童，因为稀罕，所以留着吧？"

"就算是这样……"

"把手要回去又能怎么样？"美由纪问，"保留那种古怪的手，这一点首先就很怪，叫人还回去也很奇怪吧？河童要回那手要做什么呢？盖座墓把手安葬起来吗？"

"是要接回去。"清花说。

"什么？"

"据说河童会做一种药，可以让砍断的手臂接回原状。但如果断臂放着不管，就会干掉或腐烂不是吗，所以才会请对方还给它。"

天底下哪有这么好的事？

"如果有那种药，人类应该会想要吧？"

"对，所以结局是人类把手臂还给河童，作为代价，学到了药的制作方法。"

"河童的药……？"

灵吗？太可疑了。

美由纪提出疑问，结果佳奈回道："咦，河童的药，九州岛也有哦。"

裕美说东北也有。

"千叶应该也有吧？"

"呃……我不知道耶。也许某处有吧。可是这样的话，表示全国各地都有那种色色的河童呢。"

"河童喜欢屁股啦。"

清花又强调了一次。

但河童之所以是河童，关键要素不是盘子、甲壳，也不是颜色，而是因为喜欢黄瓜和屁股……这也太好笑了。

不过美由纪自己也是因为一直听到屁股，才想起这些有的没的细节，那么或许屁股真的是河童重要的要素。听到"屁股"，美由纪虽然不会脸红，但也不觉得屁股招人喜爱。

"然后又回到一开始了呢。"裕美说。

"一开始？"

"哎哟，讨厌，美由纪同学，我们本来又不是在聊河童。"

"不是吗？"

"不是呀。我们最早不是在聊最近经常出没的好色之徒吗？"

"对哦。"

都忘了。

这一个半月左右，有个偷窥狂以浅草为中心四处横行。

既然说是偷窥狂，被偷看的都是浴室或厕所，但不知何故，被害者全都是男子。在浴室、脱衣处及厕所遭到偷窥的，全是成年男子——不，中年男子。

不，不是说因为不年轻了，又因为是男人，被偷窥也无所谓。不管被偷窥的被害者是谁，偷窥都是轻罪。

但起初人们还是说，应该是误以为是妇人了，或是在那里守株待兔地偷窥，但还没等到妇人现身就被逮到了。

然而似乎并非如此。一直没有妇人报案受害。感觉偷窥狂就是专挑男子下手。

这下问题就来了：应该怎么解释？

认定偷窥狂就一定是男的，未免奇怪。

美由纪觉得既然男人会偷窥女人，那么就算有女人会偷窥男人，也是顺理成章的事。她更进一步认为，应该也有男人偷窥男人的情形。

当然，偷窥是犯罪，是不应该的行为。

不分男女，偷窥都是犯罪行为。

但认定偷窥嗜好只限于男人，美由纪觉得这是思维僵化。

此外，认定男人偷窥男人的行为就是变态，她也觉得有点说不过去。

即使是不太了解变态定义的美由纪，也明白变态不是什么好比喻。当然，也不是值得骄傲的称呼吧。

如果说所有的偷窥都是变态行为——偷窥本身也是构成犯罪的要件，因此从某种意义上来说，这也是没办法的事。

即便如此，比方说将男性对男性感觉到性欲视为变态，她总觉得不太对。虽然美由纪完全不知道变态的定义，但就是这么觉得。

即使男人喜欢男人，这本身也并非犯罪。同性之间的恋爱应该也是存在的。

只要不对他人或社会造成困扰，要喜欢谁，都是个人的自由，不劳旁人来说三道四。不，如果会对他人或社会造成困扰，即使是男女之间的恋爱，也同样是个大问题。

再说，应该也有与这类性或爱无关的偷窥行为——美由纪想象。

世上应该也有人纯粹就是喜欢偷窥。她觉得不管偷窥的对象是谁，对偷窥的对象是哪方面的兴趣，应该也有人就是无法停止偷窥行为。

毕竟世上有这么多的人。

不过就算是这样，既然偷窥了，那就是犯罪。

但世人似乎不这么想。

所以才会议论纷纷。

只是……

她看到的都是充满强加于人的偏颇道德观和充满下作推测、基于好奇的报道。这类充满偏见的言论，感觉根性恶劣到家，让美由纪对这件事几乎失去兴趣了。

但即使不愿意，还是会听到传闻。

人们说，那是异常性痴汉、偷窥相公、昭和的龅牙龟[1]——

总教人莫名其妙。美由纪不知道什么是相公，至于"龅牙龟"，更是不知道从哪里冒出来的词。虽然大人教她遇到不知道的事就该请教别人，但她觉得这个字眼应该是不知道为妙，也没

1　明治四十一年（一九〇八），绰号"龅牙龟"的池田龟太郎偷窥女澡堂，并奸杀出浴的妇人，此后"龅牙龟"在日本便成了偷窥狂的代名词。

有人可以问。

虽然这是报上大大的标题。

她觉得写那种文章的人，才是不知羞耻。也许是受到这类煽情标题的刺激，这几天里，偷窥案件大概确实增加了不少。

一个人不可能每天晚上走遍各地四处偷窥，也不可能一个晚上同时出现在东西两边。

也开始零星出现妇女受害。

显然是机会犯所为。

驹泽一带也有案例。

似乎是公共澡堂被偷窥了。

然后——

偷窥狂的传闻甚至传进这所校园里来了。

开始有人窃窃私语：浴室和盥洗室的窗户有人影，感觉好像有人，似乎一天二十四小时都有人在看。这是一所寄宿制的女校，倘若这是真的，兹事体大。

但自从初春发生昭和试刀手事件以来，学校开始对于人员进出管制得相当森严，感觉可疑人士闯入校园的可能性相当低。

但学生才不管这些。类似"我也感觉到视线了""某班的某某被偷窥了""校舍后面有男人"等流言蜚语甚嚣尘上。

她们在讨论的河童话题，应该也是聊到某某学姐在厕所遭人偷窥，才会扯到这里来的。

转来这所学校才一年半的美由纪不太清楚，但据说遭到偷窥的苦主，是学妹们景仰的对象。

"如果是瞳学姐，就算是河童也会忍不住爱上。"佳奈说，

"瞳学姐冰清玉洁，迷人极了。她个性温柔，成绩又优秀，而且又长得那么美。"

"所以说，"裕美打断她说，"要是河童的话，才不管个性、知性，还是美貌呢。河童喜欢的是屁——"

"我不要听！"佳奈捂住耳朵。

美由纪是觉得，既然是在厕所被偷窥，表示当时是在如厕，那么不管把耳朵捂得再紧，也无法打消学姐有屁股这个事实。

不管是美女还是才女，都一样有屁股。

"我想瞳学姐一定也精通武艺。她没有随身携带短刀，实在太可惜了。"清花说道。

不过要砍杀偷窥狂，应该相当困难。

既然叫作偷窥，人应该躲在墙壁外头。再怎样的高手，也无法用短刀使出隔空砍人这种神技吧。河童也是伸手想要摸人屁股，才会被砍断一只手。如果只是偷窥的话，河童应该也可以全身而退吧？

倒不如说……

"不可能是河童吧？"美由纪说，"世上没有河童吧？或许传说中是有啦。"

"哎呀，怎么这么没有梦想？"清花说。

"不不不，河童会摸人屁股、吃内脏，跟梦想完全风马牛不相及吧？河童算什么美梦吗？而且桥本同学都捂住耳朵不肯听了。"美由纪说，两人又放声大笑。

"美由纪同学说的没错。确实，这不是少女该挂在嘴边谈论的内容。"

"可是，"清花突然一本正经，"河童可以变化成人类哦。"

"咦？"

"而且听说会化身为美男子，诱惑女子。"

"对对对，"裕美也附和，"medochi 也可以自由变身。我奶奶住的城镇附近的村子，听说还有人生了 medochi 的孩子呢。"

"生了河童的孩子？"

不，这也太离谱了。

"可是那是河童呀？那只是传说吧？"

"不，我听说是真的。"裕美说。

"有个说法是，medochi 只有公的，所以才会和人类女子交媾——"

"讨厌啦，裕美同学！"清花红了脸。

看来清花的软肋和佳奈的不同。

"某某村的某某人的女儿遭河童玩弄，怀了身孕；某某人夜半偷偷产子——好像真的有这种事。"

"真的？不是编出来的？"

"是真的，因为连名字都有。当然，我是听我祖母说的。虽然不晓得传闻是真是假，但那不是民间传说，嗯，是坊间八卦。"

"天哪，可是、可是对方是河童耶？"

"看在遭到玩弄的女子眼中，对方是美男子。"

"可是……"

美由纪觉得难以置信。

满脸羞红的清花也说："可是，我也听说有这样的事。关东好像也有这类传说，千叶应该也有吧？"

"我对河童完全不了解。可是河童不是住在河里吗？九州岛的话，冬天好像住在山里；东北的话，或许会住在人类家里；但这一带的河童不会这样吧？是怎么样呢，小泉同学？"

"这一带的河童好像是住在河里。"清花应道。

"那应该不会跑到这种地方来吧？难道要从多摩川一路跋涉过来吗？走到一半盘子都干了吧？啊，河童没有盘子来着？"

"可是 hyozunbo……"

"啊，会飞是吗？"美由纪想到。

佳奈应道："不光是这样而已。马蹄踩出来的水洼里，可以藏上一千只的 hyozunbo。"

"什么？"

是有多小啊？

那应该比孑孓、水蚤还要小了。只能用显微镜才能看到了。

"所以一定没问题的。"

"呃，什么没问题……"

问题可大了吧？

"所以说，或许是多摩川的河童风闻瞳学姐的美貌，跑到我们学校来也说不定……"

"为了玩弄学姐？"

或者说……

"为了交媾？"

"不要说那个字眼，美由纪同学！"清花说。

实在没办法正常对话。好玩归好玩，但话题没有进展。

"可是，万一真的怀上了孩子，一定会闹翻天的。"

"那种不检点的事绝对不可能发生在瞳学姐身上。"佳奈说。

"可是，那不就像被施了法术一样吗？"美由纪问。

"听说一旦中了河童的幻术，就只能任凭摆布了。"裕美说。

"怎么连裕美同学都这样，别说了！"另外两人说。

"这里的河童和东北的河童一定不一样的。"

"是吗？可是……"

"如果只是喜欢屁股而已就好了。"

美由纪渐渐觉得有些荒谬起来了。

"哎，暑假就快到了，大家都要返乡了，应该没事吧？再说……"

世上又没有河童——美由纪说。

2

"这事真是没品呢。"敦子说。

益田龙一油腔滑调地附和"一点都没错"。

"托您的福，实在下流。低劣、下等。这要不是工作，我绝对不会在敦子小姐面前说这种不堪入耳的话。为了避免误会，我得声明，我本人可一点都不下流。虽然我既胆小、孱弱又干瘦，但勉强维持着良好品性……"

益田是神保町玫瑰十字侦探社的侦探。正式职称应该是侦探助手，但世人一般所说的侦探业务，主要都是由这位益田一手包办。

敦子明白益田基本上是个认真的人，但他有个坏毛病，老爱插科打诨，就像要掩饰他的真性情。

敦子觉得他是害羞。或许多少有些刻意装坏人的倾向，但他总是爱说些多余的事。虽然不会撒谎，却加入了过多的表演成分。本人也许是为了活跃气氛才不停地说些俏皮话，却因为经常离题，结果浪费更多时间。

"但话又说回来——"

话题本身就难登大雅之堂，怎么样都高雅不起来啊——益田说。

"就算用臀部指称屁股，用下半身指称阴部，说的还是一样的东西，肛门就是肛门，屎窟就是屎窟。咳，就是屁股啦。"

就像这样，没办法少说一句。别说少说一句了，就爱多说十几句。不仅如此，不管哪一句，都不是应该在团子铺连声高呼的词汇。

益田好像注意到附近座位的客人正对他送上白眼，于是拿右手掩住了嘴巴。

"失礼了。"

"没关系，您倒是请进入正题吧。我是不在意，但把屁股挂在嘴上说个不停……可能会给店家添麻烦。"

"噢。可是……问题就是那屁股啊。"益田说。

"我想我能帮忙的，应该是和屁股无关的部分，不是吗？"

"嗯，实际上要找人的人是我啦。"益田说，"但实在是无从找起啊，又没有人会露着屁股在外头晃。要是他可以穿条兜裆布抬抬神轿或玩玩相扑就好啰。所以了，我想改为从物品这边下手，却也一样如堕五里雾中。因此想要来借重敦子小姐的智慧……"

"这类事情，我哥不是更能派得上用场吗？"敦子说。

敦子的哥哥对于一般人不知道——或者说没必要知道的事，知之甚详。

益田摇晃着特意留长的刘海，露出苦笑：

"师傅很可怕呀。再说，现在那个什么来着？东北的事件又陷入了僵局。我觉得反正用不了多久，他又会被推出来了。他呀，越是百般不愿，越会被拖出去，不是吗？我觉得既然都要出马，就别那样不动如山，打一开始就直接一头栽进去不就好了，你觉得呢？师傅一登场，事件两三下就可以收拾干净，对吧？只要他去了，问题大致上就解决了嘛。"

"我倒觉得不尽然。"

哥哥这个人是过度小心谨慎。

不是哥哥出面，所以事情解决，而是事情有了解决的眉目，哥哥才会出面。再说——

"像枥木的事件，哥哥打一开始就参与其中啊。"

"那直到最后都不清楚到底是不是案件呀。到现在还是，不管听上多少遍，我都听不出个所以然。"

"因为是听榎木津先生说明吧？"

榎木津是益田任职的玫瑰十字侦探社的侦探，虽然应该很优秀，却相当特立独行，绝对不可能有条有理地向别人说明什么事。

倒不如说……

"我哥是卖书的呢。"

根本没有职责去解决事件。

"啊，失敬了。"益田戏谑地说，"哎，不管怎么样，这都不是有劳令兄出马的耸动案件。没有涌现妖怪，也没有魔物附身。当然，敝侦探社的大师也不屑一顾。是不肖鄙人益田一如往常钻头觅缝息事宁人之类的芝麻小事。只是，嗯，遇到了瓶颈，所以想来借重敦子小姐的智慧。"

"我这点小聪明，多少都乐意提供，但我完全不知道要怎么帮你。"

"嗯……"

益田撩起头发。

"问题就出在这儿哪。所以我才会像这样细说从头。但这情况，实在没法避开屁股不谈。因为主犯肯定就是一个屁股上有宝珠刺青的男子。"

"那个宝石小偷吗？"

"算是……小偷吗？"

"我怎么知道？"

完全不得要领。

敦子拨弄了一下盘子上的团子，接着送入口中。

今天是工作日，路上行人却不少。是香客还是游山玩水的游客，或是除此之外的人，完全分辨不出来。

这里是浅草。

离参道——所谓的仲见世街有些远，但也还不到被称为"六区"的地块——简而言之，是一家生意不算特别兴隆的朴素团子铺。但仍有好些客人。

浅草是俗称的"下町"。也有许多人说在这年头急剧都市化的东京，唯有浅草保存了江户风情。

但敦子不这么认为。

浅草当中没有江户。

浅草一直是浅草。

在以千代田城为中心，江户作为城下町开始形成的时候，浅草应该就已经作为浅草在这里了。

浅草和江户是不同的两个城镇。

不久后，江户的范围扩大，浅草也被吞入了它的范围之中，但浅草仍然是浅草。

常说浅草是町人[1]之町，敦子也觉得不对。

据说德川家族整备江户之际，先在高地兴建了武家屋舍，再

1　町人，日本江户时代都市地区的工商族群。

将町家配置于低地。

因此也才会有"下町"这样的称呼，但那个时候浅草就已经作为浅草存在了。

那么，浅草与其说是町人的城镇，更应该说是自行发展，与武士无关的城镇——敦子认为。

浅草这个城镇，它的根基应该是由艺人、职人，甚至包括身份不定者等三教九流所构成的文化，与江户这个由政权有组织地打造出来的都市文化分属于不同的系统。后来它与所谓的江户文化相融合，逐渐影响江户这个都市本身，因此容易被一概而论，但敦子仍然强烈地认为，江户和浅草总有些彼此相背离。

敦子感觉，浅草这样的身世，即使经历德川时代，度过明治大正这段晦暗的时代，依然残存着。

因此每次拜访浅草，比起江户风情，敦子更能感受到某种类似异国风情的情调。

在夏季，这种感受尤其强烈。

她望着路上的行人，想着这些。

她刚含了口麦茶，就听益田深深地叹了一口气。

"怎么了？"

"就是委托人啊，实在很不可靠……"

"委托人是……？"

"噢，这该从何说起好呢？对了，敦子小姐知道食品模型吗？就是最近在百货公司的餐厅店面会看到的，假的食物。"

"我知道。"

敦子去年才采访过。

餐点的样品模型似乎从大正时期就有了，但作为一项产业，似乎是近年才兴起的。

据敦子调查，以蜡制作的食品模型的嚆矢，似乎可以追溯到以制作标本和电池闻名的岛津制作所。

一开始也是类似所谓的标本，而非餐厅的餐点样品。

虽然不清楚详情，但最早似乎是制作病理标本的名师接到委托而制作的。是否曾经展示在餐厅店头并不清楚，但成品质量相当不错，很有可能派商业用途。

那是大正中期的事。

后来，在大正时期的大地震中毁于大火的百货店白木屋，为了重建事业，开设餐厅，在橱窗展示了所供餐点的样品。这应该就是近来随处可见的食品模型的先驱。

在店头陈列餐点样品，让客人在进店时先购买餐券，这样的销售方式，在现今可以说是标准模式了，但在当时似乎极为新颖。

如果吃完饭再付账，万一遇到个天灾人祸，有可能收不到钱。餐券制似乎就是为了应付这类紧急状况而想出来的措施，但同时应该也有简化业务及提高效率的目的在里面。与其进店坐下来以后再翻菜单，在排队时就先决定要点什么，这样不仅流程顺畅许多，也能提升翻桌率。事实上，地震后复兴时期的餐厅似乎都大排长龙，状况百出。

看到白木屋的成功，此后渐渐有店家开始模仿。

接到白木屋委托，制作食品样品的，据说是制作人体模型的技师，这一点虽然也无法确认，但后来模仿的店家的餐点样品，应该也是出自同一人之手。

将食品模型打造成产业的，则是一个叫岩崎泷三的人。

岩崎于昭和七年（一九三二）在大阪成立了食品模型岩崎制作所。永不褪色的精巧食品模型大受好评。尽管市价昂贵，但并不用于售卖，而是采用租赁制，因此以关西为中心，业绩蒸蒸日上。

然而后来遇到战争，蜡制模型原料不可或缺的石蜡成了管制品。在大阪，似乎全面禁止店头陈列餐点模型。

等于是以大战为界，食品模型产业完全触礁了。

但岩崎没有放弃。

他回到故乡岐阜，研究出利用硅藻土等原料，将石蜡含量减少到极限的模型制法，生产战争牺牲者的葬礼供品模型等，以此渡过了难关。

日本战败后，他在故乡成立岩崎食品模型制造公司，继续制作模型，不久后将据点迁回大阪，顺利扩大事业版图，前年进军东京。敦子就是趁着岩崎模型进军东京的机会，采访了岩崎成功削减石蜡比例的过程。

因此……

"我很熟悉。"敦子说。

"噢，无所不知，令兄妹真是相似。"

"我采访过。"

"原来是工作啊。"

"当然是工作。前年我拜访总店所在的岐阜，采访了社长。"

东京分店虽然名为分店，却也只有一间作坊而已。听到进军东京，似乎十分盛大，但是要让生意上轨道，却不是件易事。

"采访了社长啊，那一定比我更清楚吧。"

"不过，我只请教了减少石蜡比例的巧思等幕后秘辛。社长似乎历经多次失败，摸索了相当久。还有……社长说他是在小时候将融化的蜡滴入水中玩耍，才激发了对蜡艺的兴趣，还有第一个制作的食品模型，是太太做的煎蛋卷，我只听到了这些内容。"

"这样啊。"益田交抱起手臂，"社长也是吃过一番苦的呢。"

"食品模型跟这件事有什么关系吗？"

"关系……也算不上关系吧，还是有？哦，其实委托人是在那里的制作所上班的师傅。住处就在……喏，那边的合羽桥。委托人名叫三芳彰……"

"把名字说出来没关系吗？不是有保密义务吗？"

"敦子小姐是特别的。"益田说。

敦子不懂哪里特别。

益田挤起脸颊说：

"他本来是制作电影或剧场小道具的师傅。三芳先生从小就喜欢一些精巧的小玩意儿，应该是手特别巧吧。然后他试过雕金、木工、玻璃工艺等，一圈下来觉得蜡艺最合他的性子。总之，他觉得做食品模型是他的天职，乐在其中。"

"这些个人背景也和委托内容有关吗？"

"嗯，要说有关也是有关。因为他这样的天赋，就是这次事件的源头。总而言之，三芳先生的手艺被相中了。"

"有人委托他做什么吗？"

"就是宝石啊。"

"是……仿造宝石吗？"

"那叫仿造吗？跟食品样品一样，所以可以叫样品吗？"

"什么？用蜡做宝石吗？"

"不不不，"益田挥舞着团子的竹签，"又不是天妇罗或者生鱼片，蜡没办法做出宝石吧。就算做出来，两三下就露馅了。他以前是做小道具的，应该是打磨玻璃珠之类的做出来的吧。"

"这里面没有犯罪成分吧？"

制作仿造宝石本身应该不算是犯罪，把仿造品就当仿造品销售，应该也不构成犯罪。

但益田的表情苦恼地扭曲了。

"有，是吗？"

"哎呀，这位三芳先生看起来是个好人，所以不会参与犯罪啦。应该说，三芳先生就是担心万一自己不小心协助犯罪就不好了，才会上门来委托。"

敦子愈听愈摸不着头脑了。

"那，委托三芳先生制作仿造宝石的……就是那个刺青男吗？"

"不是。"

"我不懂。"

更加一头雾水了。

"哎，先听我说吧。"益田说，"我自己也还没理出个头绪来，所以请别催我做出结论。我是在边想边说。嗯，那个屁股有刺青的男子，好像**私吞**了那些宝石——好像是钻石。"

"私吞？"

"三芳先生的委托人是这么说的。既然说私吞，那应该就是占为己有，表示是通过某些不正当的手段拿到的吧。"

若是通过正当手段取得，至少不会是这种说法。

"然后，因为那宝石的关系，闹得满城风雨，甚至还有人因此丢了性命——据说委托人是这么说的。"

"听起来好严重。"敦子说，益田应着"是啊"，表情显得更苦恼了。

"然后嗯，据说委托人的说法是，他想要做个如假包换的赝品，偷偷和真货调包，把宝石物归原主，所以希望三芳先生可以协助……"

"这不会太可疑了吗？"

感觉实在太不切实际了。

"我也是这么想啦。就算只信一半，也够可疑了。可是，那位住在合羽桥的三芳先生感觉是个好人啊。哎，假设委托人那话是真的，只要报警就好了嘛。"

"但他没有报警？"

"嗯，好像有什么不能向警察求助的苦衷。这部分又更启人疑窦了。"

"没办法报警的苦衷，是委托人的问题吗？还是物主的问题？"

"应该是两边都有吧。"

益田掏出记事本来。

"噢，委托人以前好像曾经协助过这桩不法行为，所以不想把事情闹上台面。然后……"

"然后？"

"真正的物主呢，据说是个**贵人**。"

"贵人？"

这说法还真老派。

"就算在现代说什么贵人……华族制度¹已经废除了，日本也没有贵族了。是指在旧幕府时代身份高贵吗？"

"这我不知道。那时候我没想太多，只觉得应该是地位不凡的人，但仔细想想，我们不会说社长或政治家是贵人呢。像政治家，反倒是典型的俗物嘛。"

难以想象。

"像这样一想，这说法颇微妙，会不会就像敦子小姐说的，祖先是什么老爷，或是德高望重的高僧、朝廷官员那些？"

"不，我不知道啊。我只想得到这些而已。"

"光是能想到就够了不起了。像合羽桥的三芳先生就说他完全没有质疑，所以我也完全没有多想。总之，物主是个贵人，所以想要避免警方涉入。希望一切都在隐秘之中进行，不要见任何风浪……"

"不是已经腥风血雨了吗？"

"噢，如果能把那非法持有的宝石，用赝品偷天换日……也就是把真品物归原主，那不就船过水无痕了吗？"

"怎么会？"

"因为宝石回到了正主手中，坏人也是，就算发现手上的宝石是赝品，也只能哑巴吃黄连。因为一开始就是非法弄到手的嘛。然后就算没发现，想要脱手变卖，也卖不掉。只能惊呼：

1　华族是日本明治维新后出现的日本贵族阶级，地位仅次于皇族。日本战败后，依《日本国宪法》废除。

'这是假货！被摆了一道！'默默吞下去，不是吗？"

"是吗？"

事情能有这么顺利吗？

"我不清楚状况，所以没办法直接点头表示赞同。那个委托制作仿造宝石的人，是可以信赖的人吗？如果说他曾经协助非法抢夺宝石，感觉也不是什么正派人士，他跟那个住合羽桥的……"

"三芳先生。"

"他跟三芳先生，是老朋友吗？"

"敦子小姐真是明察秋毫。"益田晃动着刘海说。

"因为你说相中他的手艺，那不就是这么回事吗？就算食品模型做得再好，一般人也不会想到要找他做仿造宝石吧？就像益田先生说的，不会想要叫人用蜡做宝石。即使手艺再好，成品外观奇迹般地惟妙惟肖，还是会露馅。既然如此，那就是因为知道他以前是做什么的，才会委托他吧？"

"完全就是这样，敦子小姐实在法眼无虚。委托三芳先生的是一个叫久保田悠介的人。呃，那里叫什么来着？合羽桥不是有座河童的寺院吗？是叫曹源寺来着？他好像住在那座寺院的旁边还是后面。大概是三芳先生从小认识的朋友吧。"

"噢……"

即使列出一堆专有名词和个人背景，也教人无法把握具体细节，因为事件的轮廓本身模糊不清。

"这个久保田先生战前搬去了千叶那里，好像从事渔业相关工作，但战时似乎在南方战线伤了右臂，成了独臂人。"

"是伤残军人吗？"

"嗯……是啊。然后复员以后，好像在东京混了一阵，哎，是自我放逐了。战争会剥夺许多事物嘛。就算四肢健全地归来，也没办法再回归原本的生活了。更何况……"

啊，我离题了——益田说着拍了一下自己的额头。

"哎，所以久保田先生正自暴自弃的时候，在以前同一个部队的战友的教唆下，染指了见不得人的行为。"

"也就是抢夺宝石吗？"

"应该是吧。不过他们说穿了只是一群无赖之徒，是一盘散沙，应该是闹内讧还是怎么了吧。宝石好像被同伙之一独占，藏到某处去了。一伙人为了这事闹得不可开交，但久保田先生好像本来就对涉足坏事十分消极，所以很快就死了心，和那伙人断绝了往来。"

没想到——益田说到这里，举手又点了一盘团子。

"敦子小姐要不要也再来一份？天气热，还是刨冰比较好？"

"不用了，我还没吃完，还是请你先说完吧。虽然我手上要交的报道已经写好了，不赶时间……"

依照原计划，敦子现在应该是在房总半岛的中央才对。原本她计划要陪同作家前往采访连载内容。

但是——

由于俗称的"第五福龙号事件"有了进展，敦子便请同事代她前往千叶采访。

因为说是采访，也只是陪伴作家而已，而且并没有急迫性。

"第五福龙号事件"，是今年三月远洋金枪鱼渔船"第五福龙号"在马绍尔群岛近海进行捕捞作业时，由于美军在同一海域的比基尼环礁进行氢弹试爆——即"城堡行动"，导致"第五福龙号"暴露在试爆的放射性尘埃——即所谓的"死灰"当中，遭到辐射污染的事件。

大前天，由于辐射污染而健康受损，入院治疗的船员终于能够会客，召开了记者会。

事件发生以来，敦子一直负责"第五福龙号"的相关报道，持续追踪采访。

她当然不能错过这场记者会。

敦子立刻写了报道。

敦子担任编辑的《稀谭月报》是一本科学杂志。

因此在政治、思想上应该秉持中立，不允许成见或偏颇立场。即使如此，文章内容还是不得不采取反核、反原子能的论调。

这起事件，只能作为日本所蒙受的第三起核灾来看，既然如此，也没有其他写法了。

以报纸为首的所有媒体似乎都保持了一致的步调。

今天举办了反氢弹联署运动的全国协会成立大会，敦子事先前往事务局进行了采访。

反氢弹运动往后应该会继续扩大。不过，相较于民间的这些活动，政府的反应却相当迟钝。

至少在敦子的眼中看来十分迟钝。

是因为正在和美方进行协商吧。

美方尽管开出高额赔偿金，却似乎很早就提出见解，主张船员的身体不适无法断定是由辐射病造成的。比起反核声浪，政府应该更担心反美情绪高涨吧。

另一方面，敦子感觉日本政府还有其他考虑。

缔结和约之后，国内的核能研究禁令解除了。就在"第五福龙号"遭到辐射暴露的同月，政府向国会提出了核能研究开发预算案。

这个国家将要大幅转换方针，朝和平利用核能——核能产业化迈进吧。

这样的话……

敦子感到五味杂陈。

她认为，即使是为了作为大屠杀兵器而开发的技术，技术就是技术，应当予以肯定。如果这种技术能对社会有益的话，也未尝不是美事一桩。

可是……

有办法运用得当吗？

城堡行动也是，毋庸置疑，就是因为实验用的氢弹威力远远超乎预期，才会引发那样的悲剧。炸弹或许破坏力愈大愈好，但如果不是兵器，遇到这类不测时，有办法应对吗？

尚不完全了解的东西，可以使用吗？

譬如说，就算是幼儿，应该也有办法开车。

但如果让幼儿开车，引发车祸的概率应该会提高许多。很可能轻易就酿成严重的悲剧。等到意外发生再想办法，为时已晚，无法补救。

汽车驾驶之所以受到法律严格限制，就是这个缘故吧。

然而现状是，尽管开车的都是拥有驾照的人，车祸悲剧却仍层出不穷。

就连燃烧汽油驱动车轮的单纯机关，人类都无法完全操控。

这只是敦子的一己之见，她觉得核能这辆汽车，对人类来说可能还是太早了一点。人类应该要等到更久远之后的未来，才有资格去考取它的驾照。即便得到考试资格，驾照考试，应该也是难关重重。

毕竟，光是引爆它这样一个简单的动作，都无法控制得当。

不过，这个国家应该不这么想。

既然如此，政府的立场或许是，即使容许反氢弹运动，也不乐于见到它发展成反核运动。

确实，核能技术本身并不邪恶。

过度自信，认为有办法运用根本负荷不了的事物，从而贸然使用，这样的轻率才是大问题。

姑且不论政府方针的是与非，总有一天，它绝对会与民意舆论分道扬镳。

世人不会听从真理行动。

多半都是受到氛围左右。但由于世人就是如此不负责任，才经常能够提出正确的言论。但这样的舆论不管再怎么正确，也就只是正确而已。

世人无法推动社会。

敦子感到心情黯淡。

她并非有所不满，也不是感到不安。

只是自己的立足点摇摆不定，让她感到焦急。

这几天她老是在想着这些。

"心不在焉呢。"益田说，"是那个吗？敦子小姐最近是在采访反氢弹那些事情吗？"

"嗯，是啊。"敦子暧昧地应道。

"那件事影响层面很大哪。"益田把玩着新上桌的团子，"而且又是个严肃的议题。炸弹这种东西最好是不要有吧，但那些原子金枪鱼怎么样了？我知道辐射病会传染是假消息，可是鱼也不能吃吗？"

由于"第五福龙号"受到辐射污染，筑地等各个市场认为在该海域捕获的金枪鱼也遭到污染，采取废弃处理。这些鱼被称为原子金枪鱼或原爆金枪鱼。此事也影响到水产整体行情，引发了全国性恐慌。

"如果是真的遭到辐射污染的鱼，拿来食用应该有危险……不过也要看程度吧？听说有很多金枪鱼是无端遭受波及。我认为最重要的是落实检验。"

敦子觉得这样的回答很枯燥，却是事实。

有段时期，甚至演变成金枪鱼本身就有毒的论调。

世人口中的正确言论，有时会失控，往往过头。

"金枪鱼很好吃嘛。"益田泛泛地评论道。

对于这类社会问题，益田应该也有过深刻的思考，并且自有一家之言，但他不认为告诉敦子这种人有何意义吧。

"嗯，相形之下，我的问题怎么说，实在太鸡毛蒜皮了。比起氢弹问题，简直就像个屁。可是啊，就我来说，就算一样是屁，也不是一般的屁，是河童的屁。"

"我听不懂。"

"臭到要人命。"益田说。

"又来了……"

"什么屁股啊屁的，没品到了极点，可是就是这样的事，实在没办法。然后呢，这件事跟那金枪鱼也不无关系哦。"

"咦？"

"委托合羽桥的三芳先生制作仿造钻石的、那位住在河童寺后面的久保田先生呢，因为这次的原子金枪鱼风波而丢了饭碗。"

"是这样吗？"

这么说来，益田提过久保田以前在千叶从事渔业。

"虽然他是独臂，应该也没上过远洋渔船……不，我是不清楚他从事怎样的工作内容，不过嘛，因为麦克阿瑟线[1]废除，远洋渔业的业绩增长了，不是吗？应该是前景大有可期的行业。而且嗯，金枪鱼很贵嘛，很赚钱。然而却因为这次的骚动哀鸿遍野，倒了一堆，各方面都遭到波及。不管是鱼市批发还是零售业，都深受其害。"

实际打击似乎相当大。

"就像敦子小姐说的，落实检验，各自判断就好了。"

不过就算检验了，也不会有人信嘛——益田说。

"毕竟就是会害怕嘛。辐射又看不见，小市民都疑神疑鬼。可是就算想教训苏联和美国，一般小市民哪有办法，所以才会把矛头转向金枪鱼吧。还有老太婆误以为金枪鱼会爆炸呢。哎，这年头都说会下辐射雨了，也难怪流言误解会如火燎原，也没法不

---

1 麦克阿瑟线，指第二次世界大战后占领日本的盟军最高司令部颁布的备忘录中，限定日本渔船活动领域的范围。

分青红皂白地叫他们适可而止。可是，也有人因此生活陷入剧变哪。"

久保田先生就是这样——益田脸上闪过阴郁的表情。

"久保田先生因此失业，流落街头。穷途末路之下，他想到的就是……嗯，仿造宝石这招。"

"虽然也不是无法理解，但就算做出仿造宝石，也不能怎么样吧？总不可能伪装成真品拿去卖吧？"

"不会这么做啦。"益田说，"再怎么样，要是拿假宝石去卖，一下子就会露出马脚了。食品模型的金枪鱼肉是几可乱真，但绝对不会有人搞错拿去吃，对吧？不管做得再精巧，一摸就露馅了。就算拿起来吃，一放进嘴巴里就发现了。"

因为是蜡做的嘛——益田说。

"宝石也是一样，玻璃就是玻璃。要是玻璃磨一磨就能和钻石难分真伪，就没人要买宝石啦。就像敦子小姐说的，即使奇迹般做得惟妙惟肖，还是会穿帮。就算卖给无法从外观分辨出不同的门外汉，一拿到手上就会露馅了吧。更重要的是，三芳先生说，久保田先生骨子里是个好人。所以……"

"你前面说，他要拿去和坏伙伴手里的真品调包，对吧？到这里我明白了，但调包之后要怎么做？总不会是要把真品拿去卖吧？"

"就是……"

要物归原主啊——益田说。

"说要还给那个不清楚到底什么来头、总之不想惊动警方的身份高贵的人。"

"这是出于一番好意吧？"敦子说。

"是好意啊。"

"但好意填不饱肚子吧？那位久保田先生是因为失业走投无路，才会想到要做假宝石吧？这表示他这番好意的举动，是为了糊口而做，那是比方说……可以拿到报酬之类的吗？我不清楚他估计可以拿到多少回报，但也有可能白花钱做假宝石，落得肉包子打狗的结果啊。"

"人家没有指望报酬啦。感谢信和花束又不能拿来填肚子，而且搞不好只是感激在心。倒不如说，他想要的就是对方的感激吧。"

"我不懂。"

"就是，比起眼前的利益，他更想卖个人情啦。毕竟宝物的原主是……"

某个身份高贵的人吗？

"是贵人呀。"益田说。

"也就是说，他打的算盘是，只要有恩于对方，宝石的原主应该会接济他，是吗？那位久保田先生认为即使拿不到礼金，也期待对方可能会替他谋个差事、找个住处，提供这类援助吗？"

"本来或许是吧。"益田叼着团子的竹签看向马路。

"结果不是吗？"

"不清楚是不是。不，应该就是吧……毕竟也没别的可能了。我可以想象，他应该期待对方的感谢不仅仅是感激在心，还能化为具体的表示。"

太含糊了。

"所以不是吗？"

"应该就是这样，但事情没那么顺利啊。"

"失败了吗？"

"不，调包战术似乎没能执行。不过这也只是猜想而已。我依序说明。三芳先生是在一个月前接到委托的。然后他下了一番苦功，做出了假宝石，半个月前交货给久保田先生。久保田先生说酬劳等事成之后再付，给了三芳先生五十日元的谢礼。这等于是亏本了。然后过了大约一星期，久保田先生……"

被人发现死在河里——益田说。

"死在河里？死法有可疑之处吗？"

"是杀人命案。"

益田从皮包里取出折起的报纸。

"好像是千叶一个叫大多喜町的地方。"

"大多喜？"

在敦子原本计划要去采访的地点附近。

"没占什么篇幅，因为在这个阶段还只是单纯的溺死事件。报上说天气实在太热了，死者应该是下水游泳，不慎溺毙。不过，这消息对三芳先生来说完全是晴天霹雳。三芳先生原本就因为做了假钻石这种东西，内心忐忑不安。因为这位三芳先生也是个老实人。"

不管是因为什么样的委托而制作假宝石，假货就是假货。不同于食品模型或病理模型，仿造宝石有相当高的概率被拿来用在犯罪上。身为制作者，会担心成品的下落也是当然的。

"然后，嗯，三芳先生心烦意乱，最后去找了警察。"

"去找了警察？那……"

"嗯，没想到他一踏进警署，马上就被拘留了。"

"是……被逮捕了吗？"

"不是逮捕，他是重要涉案人。因为溺毙事件已经变成了杀人命案。"

"不是意外死亡？"

"不是。"

屁股露出来了——益田说。

"益田先生……"

"不不不，这可不是在说笑。我不是强调过很多遍了吗，这次的事没法不谈屁股啊。是很没品的事件。听好了，敦子小姐，被害人久保田先生在河里被人发现，但下半身整个裸露。"

益田拍了拍自己的屁股。

"好像漂了相当远的距离，所以一般会认为裤子是在某处被钩住而脱落了。"

"不是这样吗？"

"好像不是。久保田先生的外裤整个脱掉了，但内裤好像还留在身上。"

"这怎么了吗？这种情形也是有的吧？"

"是啦，可是呢，裤子在距离浮尸被发现的地点稍稍上游一点的地方找到了。久保田先生是独臂，穿脱起皮带、绳子什么的很不方便，所以好像都是穿裤头是松紧带的裤子。"

益田半站起身，扭转身体。

"在这里，背部下方，腰部一带——是正后方呢，松紧带在这个位置被割断了。"

"被割断？"

"好像不是钩住扯断，而是被锋利的刀刃一刀两断的样子。久保田先生本人实在不可能做到这样的事。不，或许做得到吧，但他没有理由这么做。警方的观点是，歹徒想要脱下溺毙尸体的裤子，露出屁股——就像要打小孩子屁股那样，但长裤和松紧带都湿透了，很难褪下来，所以直接把松紧带割断，像这样露出屁股。然后裤衩也褪下一半，以这种状态丢进河里。"

"目的是什么？"

"不知道。"益田当即回答，"裤子吸水变重，松紧带又断了，所以在漂流途中脱落了。裤衩只被褪下了一些，掉到了大腿，还留在身上——警方推测应该是这样。"

"所以说，为什么要脱人家裤子？"

"就说不知道啦。这可不是在说笑。虽然唯一的可能，就是想看人家屁股吧。歹徒应该是喜欢屁股吧？"

就算是这样，也难以断定是他杀命案吧？

"既然说是浮尸，死因是溺死吗？不是殴打致死或勒毙的话，也有意外事故的可能性吧？这种情况，割破或褪下死人的衣物算是犯罪吗？如果脱下来带走，或许会构成盗窃罪，但只是割断松紧带的话……是器物损毁吗？"

"不知道。"

"就算不是单纯的意外死亡，也有可能是自杀吧？虽然也有弃尸或监护人遗弃致死的可能性，但应该无法单凭这一点就断定是他杀。"

"因为还有另一个。"益田说。

"另一个什么？"

"屁股。"

"屁……"

"好像是同一条河吧，是吗？我想想，刚好就是三芳先生去找警方的那一天哦。这次是更上游的地方……报上是这样写，但这是不是另一条河啊？河流会在中途改名字吗？"

敦子问是什么河，益田说是平泽川。

"那，久保田先生的遗体是在夷隅川被发现的吗？"

"没错，敦子小姐居然知道。"

"夷隅川的水系很复杂。河道蜿蜒曲折不说，而且一会儿汇流到一处，一会儿分出支流。"

那里——也是敦子原本计划要去采访的地点附近。她在采访之前研究过地图了。

"遗体就是被冲到那条河里类似沙洲的地方。被害者……可以叫被害者吗？死者广田丰，五十岁。报上说是金属加工业者，这是做什么的呢？这个人也是露出屁股溺死。"

"裤子被脱掉了吗？"

"脱了一半。广田的情况不是整条脱掉，好像只褪到膝盖。噢，裤衩也一样褪了一半。"

屁股一定整个露光光呢——益田不必要地说。

不用说也知道。

"这些细节报道出来了吗？报上没有提到吧？"

"嗯，如果标题写成'露屁股连环溺毙事件'，实在太低俗呢。我刚才也说过，就算用臀部代替，也好不到哪里去。"

敦子不是这个意思。

"我是问，报上应该没有说是连环命案吧？"

如果有的话，敦子一定会有印象。

"啊，这是三芳先生告诉我的。"

"咦？"

"报上没有写，但他说警方这么分析。警方会刻意把如果公开，可能会对侦查造成影响的情报压下来。像是隐瞒只有歹徒才知道的事实，或为了预防有人模仿作案……"

这些敦子都知道。

"就算是这样，三芳先生又怎么会知道这些信息？"

"噢，三芳先生去警署的时候，警察告诉他的。"

"这……不奇怪吗？警方会向嫌疑人透露这种内部机密吗？"

"他不是嫌疑人，是涉案人。"益田说，"好像就在三芳先生前往警署的时候，警方刚好接到广田命案的通报。是第二起露屁股事件。"

"所以说……"

"不不不，起初警方好像只是把三芳先生当成提供线索的民众。可是三芳先生自己一头雾水，搞不清楚状况。他不是去提供线索，反而是去向警方打听到底是怎么一回事。有问题要问的是三芳先生。如果只有仿造宝石一件事，就只是有个怪家伙找上门而已，但因为死了一个人嘛。这样一来，负责接待的警官也得联络负责案子的警署才行。然后，嗯，就说到露屁股的事。结果说着说着，就提到还有另一起露屁股的案子，然后就演变成'这是他杀命案！而且是连环命案！'。那个广田也是……"

益田再次把手伸到后腰。

"皮带，好像就和久保田先生一样，在腰际被一刀两断。不管理由是什么，都是有人刻意要让屁股露出来，所以实在不可能毫无关联。这样一看，三芳先生就十足可疑了。他是个形迹可疑的食品模型工人。"

"也就是说，一开始是三芳先生向警方询问案件的细节，结果渐渐变成讯问、拘留、侦讯，是吗？"

"嗯，就是这样吧。"益田应道，"拘留是三芳先生的说法，但他并没有被绑起来或是丢进牢房。据我自己的经验，应该没他说的那么夸张。不过去了警署，结果却不让人回去，当然会觉得是遭到拘留了吧。而且他内心有些说不清道不明的愧疚。"

"就算是这样……我也觉得益田先生知道得过于详细了。"

"噢，这就是所谓的蛇有蛇路啦。"

直到去年春季，益田都任职于国家地方警察神奈川本部。他原本是个刑警。

上个月修正的《警察法》施行，警察组织全面重组了。国家行政组织警察厅成立，国家地方警察与自治体警察被废除，取而代之的是设立了地方组织的都道府县警察——其中只有东京的称为警视厅。都道府县警的高层纳入国家公务员体系，姑且是统一在国家公安委员会底下了。人事应该也会刷新，但现场的第一线职员应该不会有所变动。

益田在警界应该有不少门路。

"不过如果是凶手，不可能像这样呆呆地自投罗网。来自首的话另当别论啦。只是就时机来说未免太巧了，警方当然疑心这家伙或许知道什么，才会执拗地盘问不休。我看也就是这样罢了。"

换成是我负责这案子，也会这么做——益田说。

"但三芳先生并没有动机，又有确实的不在场证明——他应该从早到晚都待在作坊做中华荞麦面的模型什么的吧。所以警方没有拘留他。不过对三芳先生来说，这已经让他陷入天大的恐慌了。他把所知道的全盘招出，终于平安无事地被放回来，却无法释然。"

这……也难怪吧。

站在三芳的立场，尽管他可以确定自己绝对牵扯其中，却整个人云里雾里吧。

确实，就听到的来看，事件的整体面貌，一团乱麻。因为看不出每件事之间的关联，只能说是杂乱无章。

然而却死了两个人。

"真是扑朔迷离呢。"

"就是吧？正所谓雪中白鹭、暗夜乌鸦啊。敦子小姐也了解到这事有多难说明了吗？感觉就像在黑暗中摸索。所以……就轮到我们玫瑰十字侦探社登场啦。"

益田不知为何挺起胸膛。

就算是这样……

"侦探在这种情况下登场，也有些不自然呢。到底是要找什么？歹徒吗？什么歹徒？命案凶手吗？"

"嗯……"

益田撩起刘海。

就算撩起来也会立刻盖下来。

寻思片刻后，益田说："仿造宝石的……下落吗？要找的也就是屁股宝珠男子的下落。那个男人就是歹徒。"

这不会太武断了吗？

"这不会只是把久保田先生告诉三芳先生的话照单全收吗？仿造宝石的用途听起来也相当虚假，到底有没有这个刺青男也很可疑。第二个溺死者——广田是吗？他与这件事到底有什么关联，甚至完全不清楚呢。就算把这些原本就不确定的要素，用更不确定的揣测串联起来也没有意义，更是什么都看不出来吧？"

"能见度是零。"益田说，"身陷浓雾。哎呀，就像头上被人套了布袋一样呢。所以我才会像这样来找敦子小姐商量。这部分还请多多谅解。托您的福，我身边连一个能分析这种莫名其妙事件的聪明人都没有。"

"那你怎么会接下这案子？"

"呃，实在是难以拒绝啊。"

"有什么无法拒绝的理由吗？"

"没有啦。只是我是个胆小鬼嘛。三芳先生是在武藏野事件认识的人偶师介绍的。食品模型和女儿节人偶感觉好像无关，不过因为都是做工艺品的，所以彼此间有细微的联系吗？啊，喏，和绞杀魔事件那时的杉浦女士一样……"

这几年发生的许多复杂的事件，似乎逐渐建立起复杂的人际网络。

这一点敦子也深有感触。敦子最近亲近起来的吴美由纪是个女高中生。仔细想想，她觉得如果过着普通的生活，不可能突然结交到年龄相差那么远的朋友。

"不过，委托人三芳先生自己是如坠五里雾中，所以委托的内容也相当模糊，而我也一样如坠五里雾中，合计起来是十里雾。"

"这一点我清楚了，但没有我出场的份啊。"敦子说。

"噢，我是希望敦子小姐能替我驱散这片迷雾。"

"没办法的。再说，连那两具浮尸和仿造宝石之间有无因果关系，都不清不楚呢。久保田先生和三芳先生或许是打小认识的朋友，但那个姓广田的是从哪里冒出来的？即使真的是杀人命案，一来不知道命案和仿造宝石的关联，二来，就算有关，警方……"

"喂！"

这时背后突然有人出声，敦子吓得缩起了脖子。但她还没回头，益田就先站起来了。

"抱歉抱歉，不好意思，音量太大了吗？还是屁股说太多次了？我再给您赔个不是，对不起。"

益田摇晃着刘海，一个劲地哈腰。

"啊？不是啦，这人怎么这么卑躬屈膝的？"

声音的主人从背后移动，站到敦子旁边来。

敦子看到围裙。

益田眼珠上抬跟着人影移动，又莫名其妙地赔罪说："哎呀，这真是对不住。"

"听着，我本来是不喜欢偷听客人说话这种没礼貌的行为的。"

"您……听见了呢，听见我屁股屁股地说个没完。让您见笑了。"

"听着，就算听见了，我也会装作没听见。就算听见了，也会左耳进右耳出，不放在心里面。做生意就该这样。"

"真是太令人敬佩了。"益田毕恭毕敬地说，"您真是团、团子铺的楷模。"

"喂，小姐，你这朋友是不是脑袋少根筋？"

敦子提心吊胆地抬头看去，看见一脸苦恼的妇人正俯视着她。

应该是这家店的老板娘。

不过比想象中的年轻许多。虽然她称敦子"小姐"，但年纪和她应该差不多。

"听着，不是那样啦，是你们谈论的事，让我就算想装作没听见都没办法。"

"噢……您不肯原谅我们是吗？果然是因为屁股……"

"你有完没完啊？这个二百五！"

女杰还没继续说下去，便传来"幸江、幸江"的叫声。

转向声音的方向，厨房——虽然敦子不知道团子铺的是否也叫作厨房——的珠帘掀起，一名男子不安地看着这里。

"喂，幸江，你可别乱找客人的碴呀。"

"谁在找碴了？"

"可是幸江……"

"幸江幸江，幸江是你乱叫的吗？你把老娘当什么啦？别看我这样，老娘可是仲村屋的第三代传人！"

"可是……"

"没什么好可是的！你这个入赘女婿懂什么？这家仲村屋是靠老娘仲村幸江撑起来的，客人就交给我应付，你只要待在里头做好吃的团子就是了！"

益田行了个最敬礼，说"团子很好吃"。

"你这人到底怎么回事啊？说起来，都是你态度不好。谁叫你净是发出那种吓破胆的声音，害得我那口子都误会了，不是吗？我们没在吵架啦。好啦，没你的事，进去进去！"

入赘女婿消失在帘子另一头后，第三代老板娘在空椅子上坐了下来。不过，不知不觉间客人只剩下敦子和益田了。

"我啊，不是在为了你满口屁股而生气。"

"可是客人……"

"听到屁股就不来的客人，老娘也不稀罕。咱们家的客人是因为团子好吃才上门，怎么可能输给什么屁股。咱们家的团子美味得很。我那口子不会应付客人，但做起团子可是全东京第一。这些不重要啦。喂，小哥，你说的久保田，是住在那个……"

"是的，是以前住在合羽桥河童寺后面的久保田先生——合羽桥和河童有什么关系吗？[1]"

益田转向敦子问了个多余的问题。

"没有关系。"

"没有关系吗？"

"我觉得合羽桥的合羽，是雨具的合羽[2]。"

"可是那河童寺呢？"

"那是，"幸江插嘴，"源于捐出私财为当地兴建灌溉工程的合羽屋喜八啊。地名和寺院都是。曹源寺那儿还有喜八的墓地。"

---

1 "合羽"及"河童"在日语里发音相同，皆为"kappa"。
2 合羽是一种雨衣，模仿十六世纪的传教士长袍制作，发音源自葡萄牙语的"capa"。

"那河童呢？"

"都说是合羽了。"老板娘说。

鸡同鸭讲。敦子知道，但不想告诉益田，因此再次应说"没有关系"。

"咦？可是那不是河童的……"

"我的意思是和事件无关。"

"哎呀，对不起、对不起。"益田打诨说。

"这位小姐说的没错。"幸江说着瞪向益田，"你啊，实在不像话。打断别人话头的人是有，但没见过像你这样不停打断自己话头的人。你要讲的事到底何年何月才会讲完？阿彰和阿悠自小就是咱们这儿的常客啦。"

"阿、阿彰是指三芳先生吧？"

"阿悠是久保田。所以了，他们俩的事，问我就对了。我才能替你拨云见日。"

"真是……太教人五体投地、甘拜下风了。"益田行礼道，"五体投地——这儿是浅草，要拜观音娘娘才对呢。为了答谢，请再来一串团子……"

"就爱这样乱岔题。"老板娘说，"我说啊，你讲的事就像无头苍蝇似的四处乱转，但只有一点说对了，那就是阿彰和阿悠都是好人。他们两个骨子里都是老实人、好心人，从小就容易受骗上当。"

"老板娘也骗过小时候的他们吗？"

"胡说些什么？我比他们两个都年轻好吗？不许跟我说你看不出来啊，你个愣头青。他们两个不都三十好几了吗？人家才二十九呢。"

"哎呀!"

幸江和刚才的敦子一样耸了耸肩:"小姐,我是不晓得你们俩是什么关系,可是要挑男友,什么人都好,可千万别挑**这小子**。哎,总之听着吧。我说啊,阿彰虽然工作换了一个又一个,但现在找到了适合自己的职业,正在勤勤恳恳地努力打拼。可是悠介哥呢,有段时期是学坏了。说他去了千叶,其实是离家出走。"

"离、离家出走?"

"是啊。他爸妈一直住在这一带,后来在空袭中过世了。B29轰炸机燃烧弹丢个没完,把这一带夷为平地了。我家也烧掉了。我是捡回了一条命,但久保田家没能逃过一劫。阿悠不知道这事,复员回来吓坏了。真正是后悔莫及啊。对了,你刚才不是说到伤残军人吗?"

"对,他的手……"

"他**有手**啊。"幸江说,"复员回来的时候,他两只手都好好的。"

"接、接回去了吗?"

"什么接回去,你说手吗?又不是柿子树,你以为可以像嫁接那样接回去吗?那可是手呢。所以说他是伤残军人是错的。因为他来我这儿,也是复员以后的事。带着看上去有点匪气的朋友。那时候我们还在棚屋做生意。那是……对,他说是同一个部队的什么人。"

"就、就是那个人。"益田半直起身来,"屁、屁股……"

"又给我屁股。"

"那个人屁股上有没有宝珠刺青？"

幸江沉默了一秒。

益田也默默回看幸江。

"我说啊，你这人怎么蠢成这样？我是要怎样才能看到客人的屁股？就连三社祭的男丁，起码也会穿条裤衩。他们全都穿着复员服啦。然后……"

幸江一个仰身，喊道："芽生啊！"

里头走出一名店员模样的女子。

"啊，这是我侄女。"

"啊，叫侄女不叫名字[1]，真新奇呢。"

"我说啊，小姐你这朋友怎么能傻成这样？这是我那口子的哥哥的女儿，名字叫芽生。"

"我叫入川芽生。"女店员说着向两人行礼。

"喏，你还记得吗？当时这儿还没重建，所以是大概七年以前的事了。喏，阿悠复员回来……"

"过世的久保田先生吗？"

"好啦，你先坐下。"幸江拍拍椅面说，"那时候你才十五六岁吧。喏，阿悠不是带了看起来坏坏的朋友上门吗？"

"我想想……"芽生食指抵着嘴唇，微微侧头，"那时候他还没受伤呢。"

"受伤？"

1　日文中，"侄女"和"芽生"这个名字的发音相同，都是"mei"。

"喏，他不是吊着一只手吗？"

"咦？那久保田先生失去右臂，是……"

"不不不，那是装病——也不是病吗？是假伤啦。是在假扮伤残军人吧。就算是真伤，也不是在打仗的时候受的伤。那时候我是猜测，阿悠一定是和那伙人干了什么坏勾当，结果捅出娄子来。对吧，芽生？"

"那时候我刚进来工作，所以记得很清楚。久保田先生……对，起初是三个人在商量些什么，然后那个 kappa 的……"

"河童吗？还是合羽？"

"就是 kappa 啊。"幸江应道。益田小声问敦子："到底是哪个？"敦子没理他。

哪个都无所谓吧。

"我记得他很会游泳……那个……"

"河童广哥对吧？那个爱凑热闹的锉刀工人。"幸江说，芽生拍手说"对对对"。

"那个下谷的河童先生。每次祭典，都会戴着深草帽、穿着行旅合羽一起游行，一喝醉就会脱光光，当头泼上一盆水，跳起蹩脚的舞来，就是那个脸长得像惠比寿[1]的、呃……小孩子都叫他河童先生，或是草帽先生。"

"就是广田先生啦。"幸江这么说。

"咦？是过、过世的广田吗？"益田跳了起来。

"广田先生过世了吗？"芽生也惊呼道。

---

1 惠比寿，日本七福神之一。

"对对对，这个人就是这么说，所以我才说不能当作没听见啊。这个人说久保田家的阿悠跟河童广哥居然相继过世呢。"

"是啊，露出屁股过世。"

"别管屁股啦。"幸江说，"你啊，少当着这样闭月羞花的小姐的面，满口屁股屁股的。我家芽生才二十二呢。"

"托您的福，我这人就是没品。"益田垂下头去。

"小姐，别嫌我啰唆，千千万万，可不能跟这种人交往啊。芽生你也记着，留长刘海、眼神懦弱、油腔滑调的家伙，千万不能要。"

"呃，这……嗯，或许我是很糟啦，不过呢……"

"广哥是做锉锯齿的工人。他技术很不错哦。听说本来是广岛人，在当地学的技术，可是嗻，广岛不是被原子弹炸了吗？家人、房屋，全都没了，所以他来到这里，一个人讨生活。"

金属加工业这样的说法虽然不能算错，但跟从语感得到的印象相差颇远。好像也不是在工厂上班。

"是啊，应该是在战争结束后的第二年开始看到他这个人的吧。他说他是河童，完全能融入合羽桥这地方，但河童在广岛或许是如鱼得水，但在这儿，浅草川又没法游泳嘛。"

"浅草川？"

"就是隅田川啦。"

幸江指向河的方向。

"就算再怎么爱游泳，也不会有人去游隅田川吧？虽然一定要游的话也不是不能游，但只有爱搞怪的人才会这么做吧？但如果不下水，广田哥就只是个普通的阿伯。不游泳，怎么当得起河童这绰号呢？所以他就想到和河童同音的合羽，披上古时候的江湖人士穿的那种条纹合羽，再戴上深草帽。然后他又喜欢祭典。虽然看上去难取悦，不过嗯……"

是个爱搞怪的人，幸江说。

"他呢，也不算年轻了，又很晚才被临时征兵……所以应该没有离开内地吧。应该是被送往哪个战地的途中遇到原子弹轰炸，战争结束，就这样解除兵役了。但他没有回故乡去，因为老家好像位于轰炸的中心。所以他搬来下谷，应该也是战后不久的事。因此阿悠复员回来的时候……应该是广哥来到此地一两年的事。"

益田转向敦子，有些激动地说："连在一起了！"

"那位河童先生也参与了他们的坏勾当吗？"

"我是不知道是什么坏勾当啦。只知道他们鬼鬼祟祟地在商量些什么，对吧？"

"是啊。"芽生应道，"虽然不清楚是不是讨论坏事……不过就像某种聚会。"

"一定是商量坏事啦。"幸江说，"他们全神贯注地在讨论些什么呢。几个又脏又臭的大男人聚首商议，眉头深锁，小声叽叽咕咕个没完，连团子也不吃。咱们这儿不供酒嘛。"

"可是谈完之后，他们就会去外面喝酒。喝些不晓得什么原料做成的酒……"芽生看向外面说，"就在这附近。现在虽然多少减少了一些，但那个时候，这一带的街上几乎全是酒铺子，几乎妨碍通行。"

"现在六区那一带不也是一样吗？大白天的，到处都是醉鬼。"幸江说。

也就是说……

他们在讨论的……是无法在大马路上随便说出口的事吗？

"参加讨论的有久保田先生，还有……？"益田追问。

"几个看上去并非善类的男人。名字叫……叫什么来着？"

"一个是叫……龟什么的，我记得。"

"是吗？"

"龟田还是龟井，是吧？可是有个龟字。那个眼神飘忽不定、脸上似笑非笑的家伙。他还算是和气。婶婶说的那个不像善类的，叫 mu……不，su……"

"你怎么记得这么清楚？"幸江说，佩服地歪起头。

"是 mu 还是 su？"益田追问。

"Mu……想不起来耶。"芽生说。

"别这么说，名字很重要啊。"

"嗯……可是有四个字、四个字。"

"有 mu 的四个字的姓氏有什么？ Mu、mushi（虫）？不，没这种姓氏呢。Mu……我只想得到村山（murayama）或村川（murakawa）。Su 也是，也不是须田（suda）或须川（sugawa）呢。后面这个是三个字呢。那，是那个叫龟什么的，还有 su 什么的人，然后再加上广田先生，这三个人是吗？"

"不，还有另一个人。对吧，芽生？"

"咦？除了河童广哥以外吗？"

婶婶和侄女一同抱起了手臂沉思。

"啊！"

结果是侄女先出声。

"的确有。只来过一两次，是瘦瘦的那个人，对吧？他叫川……"

"几个音？"益田问。

"咦？嗯……三个音呢。川、川田（kawata）、川井（kawai）、川、川濑（kawase），对，川濑。就是川濑。"

"你也太厉害了吧。"幸江目瞪口呆地看着侄女，"这么说来，好像就是这姓氏。他确实很瘦，瘦得像营养不良。可是啊，自从那个瘦排骨来了以后，好像就乱了，然后那伙人就不见了踪影。再来的时候，阿悠就吊着一只手，变成伤残军人的模样了。我吓了一跳，问他怎么了，结果阿悠既像生气又像沮丧，一脸阴沉，说在东京不扮成这种样子，连饭都没得吃；说他要回千叶去了，是来跟我道别的。所以我才以为他是假扮伤残军人……"

"不，他好像真的从右手手肘以下都没了。"益田说。

"咦，这样吗？那到底是出了什么事？……他说了什么来着？对，这么说来，我记得他还说了什么被摆了一道，还是遭到背叛之类的话。"

"被摆了一道……？"

"我问他：你是不是干了什么坏事？结果他就说：是啊，歹路不可行啊，幸儿。"

"幸儿！"

益田反应过度。

"怎样啦？有意见吗？我可是比阿悠还小呢。这一带的叔叔都叫我幸儿幸儿，很疼我的。我不敢自封'浅草西施'，但绝对是这家仲村屋的店花，轮不到你这种胆小鬼外加臭小子大惊小怪。"

"托您的福，我是胆小鬼没错。"益田说完后，转向敦子小声埋怨，"看得出来吗？"

"噢，我是真的胆小啦。老板娘真有看人的眼光呢，真正火眼金睛。我呢……"

敦子举手打断益田的多嘴多舌："后来久保田先生怎么样了？"

"应该没有再来了。啊，河童广哥还是一样，每年祭典都会上场搞怪。不过，是啊，也不能跑去问他'你一定做了什么坏事吧'。后来我就把这件事给抛开了。在听到你们提起之前，我完全忘了有这回事。"

"其他人呢？"

"没看到呢。只看到广哥而已。"

"那个阿龟、su 什么 mu 什么的，还有川濑也都没来了？"

"这个嘛，他们的名字，我连一个都不记得嘛，那个……阿龟吗？龟、龟田？龟山？"

"啊，龟山，是龟山！"芽生跳起来惊呼道，"就是龟山，应该。不，就是。"

"龟山，kameyama，字应该是乌龟的龟，高山的山。"

益田写进记事本里。

"我整理一下。久保田先生年轻的时候叛逆离家，在千叶从事渔业相关工作，在当地被征兵出征，复员后回到浅草一看，老家在空袭中烧光了。"

"没错。"

"然后他和同部队叫什么 su 的人，还有叫龟山的人，多次在这家店讨论某些可疑的勾当，后来河童广哥，也就是广田先生，还有瘦排骨川濑也加入。"

"没错。"

"但是川濑一加入，状况似乎就不对劲起来，五人不再到这家店来了。"

"不再上门了。"

"虽然不清楚这段时间出了什么事，但久保田先生再次来到这家店时，失去了右手，说他要回千叶去。"

"就是这样。"

你看，你也行的嘛——老板娘说。

"不要乱岔题就好啦。"

"噢，托您的福。那……那是什么时候的事？"

"这个嘛，虽然不知道出了什么事，但从他们不再上门聚会，到阿悠吊着手臂来跟我道别……中间大概隔了半年吧。就算手伤是真的，感觉也不像**刚受伤不久**。连我都以为只是装的，应该是快痊愈了，要不然也是完全好了。嗯，假设是在没来的期间受的伤，伤好也差不多需要这些时间吧？"

"他是在七年前——昭和二十二年（一九四七）复员的吧？"

"对啊。他从战场回来，应该是二十二年入夏以前的事。还是初春的时候？然后在这一带混了半年左右，不晓得捅出了什么娄子—— 一定是捅出娄子了吧，然后销声匿迹……是啊，他最后一次来，是第二年的……好像一样是夏天吧。"

"那就是……昭和二十三年（一九四八）的夏天吗？那这六年之间，久保田先生音信全无吗？"

"音信全无呢。"幸江说，"那是我最后一次见到他。"

"不，他来过哦。"芽生当即接话。

"他来过？什么时候？我怎么不记得？"

"那时候婶婶应该不在。"

"我整天都在店里啊。"幸江说。

"可是他来过呀。"芽生回道。

"他来过吗，呃……芽生小姐？"益田问。

"喏，婶婶，上个月商店会不是开会吗？就是……"

"噢，偷窥狂。"幸江说。

"什么？偷窥狂？"

"喏，前阵子不是闹得沸沸扬扬吗，龅牙龟？那个专看男人的家伙。偷窥相公。"

"对对对。"益田点头，"喧腾一时呢。报上用了好没品的标题报道。呃，跟这件事有什么关系吗？"

"就是，偷窥事件最初是从这一带闹开来的。"

"是这样吗？"

益田看向敦子。

坦白说，敦子对这起事件完全不感兴趣，因此几乎不了解任何情况。报道也只是瞥过就算了，因为她受不了那些低俗煽情的标题。

"色狼在这一带偷窥人家的浴室、厕所那些的。所以才为了这事开会，要大家提高警觉。可是不管再怎么小心，也无从防备啊，我们家又是开团子铺的嘛。团子铺耶，客人又不会在这里露屁股，色狼要偷看什么呢？我那口子就算屁股给人看了，我也不在乎。对了，你说开会怎么了？”

　　“就是那天啊。婶婶出去开会的时候，久保田先生突然上门了。我没跟婶婶说吗？”

　　“没有。”

　　“一开始我没认出他来，但看到没有手，才忽然想起来了。久保田先生好像记得我。然后久保田先生问我，他小时候的朋友三芳先生是不是还住在这个城镇。”

　　“那是什么时候的事！”益田问。

　　“就上个月……”

　　“这样吗！”

　　益田整个人站起来，转向敦子。

　　“这下子全部连起来了，对吧，敦子小姐？”

　　“完全没有啊。”

　　“啊？”

　　益田误会了。

　　确实，久保田和伙伴干了某些坏勾当，这应该是事实。

　　虽然不清楚做了什么，但当时似乎有人窝里反，导致久保田受了失去右手的重伤。不过，这也仅仅是根据久保田的追述所进行的臆测。在现阶段，只能说不清楚久保田的伤与久保田一伙人的坏勾当是否有直接关联。

　　六年后，久保田神秘溺毙。

　　继而以和久保田相同的状况神秘溺毙的男子，是疑似一起干坏事的五人之一——广田。

　　到这里似乎都可以确定。

然后……

　　久保田死前，委托儿时朋友三芳制作仿造宝石，似乎是为了用在与抢夺宝石事件有关的某些计谋。

　　久保田过去所犯下的恶行，有可能就是这起宝石抢杀案。假设如此，那么窝里反的行为，有可能就是私吞宝石。

　　但这些都只是有可能。

　　没有任何证据将两者联结在一起。

　　没有任何线索可以将过去的恶行、仿造宝石的制作，以及两起神秘死亡紧密地联结在一起。再补充一点，久保田失去一只手的原因也只能说是不明。

　　彼此之间完全没有关联。

　　只有不明了的几个事实散布各处而已。连接起这些事实的，只有更加暧昧不明的推理——胡思乱想。

　　"多亏了两位的协助，我才能对久保田先生的为人，以及复员后的行踪，有了相当详尽的了解，但他们以前到底做了什么坏勾当，都还不清不楚。至于三芳先生的委托……依然毫无头绪。"

　　更基本的问题是，敦子完全不知道三芳的委托内容是什么。

　　"因为两位的热心，多少填补了益田先生的说明中空缺的部分，我也大致上了解了情况，或者说各方面的概况，所以益田先生……"

　　"什么？"

　　"请不要再继续跑题，整理一下三芳先生的委托吧。况且你说要借重我的智慧，但截至目前……我实在看不出我能帮上什么忙。"

"所以首先是屁股啊。"益田说。

"呃……"

"我、我可不是在说笑。三芳先生是想要知道他做的假宝石怎么样了，被拿去做什么用了。这事从一开始就云山罩雾的，但是呢，久保田先生好像真的做了什么不好的事。如果那件事和宝石有关，要怎么办？"

"什么怎么办？"

"久保田先生说要用假宝石和真品调包，那真品在谁手上？当然是抢走宝石的人啰。然后根据久保田先生告诉三芳先生的内容，私吞宝石占为己有的家伙，屁股上有宝珠的刺青。"

"这我已经听过了。"

"所以了，虽然整件事曲折离奇，但说到这里，事情就简单了，只要想办法找出那家伙……"

"这人是傻了吗？"幸江说。

"呃，是吗？"

"要怎么找？岂不是只能四处叫人脱裤子给你看屁股吗？就算拜托，有谁愿意这么做？世上才没人乐意给人看屁股呢。那才是只能去偷窥厕所和浴室啦。"

"不不不，也有可能在公共澡堂看到之类的啊。如果是自豪的刺青，就算是在屁股上，或许也会想要展示一下，供人欣赏欣赏。"

"那你到处去打听看看啊。你最爱满嘴屁股了吧？只要到处求人'请让我看一下屁股'就行啦。虽然还没找到人，应该就会先被警察抓去吧。除此之外没别的法子了。只能像叫卖的小贩，高喊：'这附近有没有人屁股有刺青！'对吧？根本不劳你借重这位小姐的智慧吧。你这人不仅胆小，还笨头笨脑。"

"嗯，多多少少啦。"

"还是你是拿这当借口，想要泡人家？世上有人拿屁股当话题泡姐的吗？"

"不不不不不……"

益田抹起汗来。

"你这店花扯到哪里去了？只是呢，那个原本形象模糊的屁股宝珠男呢，因为刚才那席话，可以锁定是龟山、su 什么 mu 什么的，或是川濑这三人当中的一人……"

"所以说，这番推论毫无根据啊，益田先生。"

只知道姓氏和人数，此外的细节一概不清楚。

至于关联，目前仍然只能说是不清楚。充其量只能说或许可能有关而已。而且就连这个可能性，感觉也不大。

益田不服地噘起嘴唇："可是，我觉得应该有关联啊……"

"在判断有无关联以前，那起宝石抢夺案也是，只是久保田先生如此宣称，连是否真有其事都不清楚，对吧？现在每年都会发生好几起宝石偷盗案，但七年前的话，日本战败没几年，不管是宝石失窃还是遭诈骗，如果事情曝光，应该会相当轰动……所以我认为应该并未公之于世。"

"问题在这里吗？"益田说，"嗯，物主身份高贵，或许不愿意公开。两位，怎么样？久保田先生有没有提过这类事情？像是提到宝石怎么样。"

"什么怎么样，刚才我不是说了，客人聊天的内容，我向来是左耳进右耳出。你不还说我是团子铺的楷模吗？"

"是楷模没错，但也有可能比方说，宝石的宝字残留在耳朵的角落边……"

幸江和芽生面面相觑。

"宝石哦，那距离我们的生活实在太遥远了，我连真的宝石长什么样都没见过呢。宝石就像琉璃珠对吧？"

"不，应该更高级一些吧。琉璃珠还比较接近玻璃珠。而且听说那是某位身份高贵之人的宝石，既然如此，应该还要更高级许多。"

幸江蹙起眉头："什么身份高贵之人，谁啊？我从没见过什么高贵之人。我跟我侄女都是不折不扣的平民百姓。我们家不管是明治维新前后，还是战争前后，都一直是团子铺……应该啦。我知道的贵人，顶多就只有天皇陛下。当然，从来不曾亲自拜见过。"

"啊……"

——那个东西？

敦子想起来了。

那样的话，记得是……

但真有这样的事吗？

"对了，宝石长这个样子。"

益田说着从皮包里抽出一张纸。

"这据说是三芳先生制作仿造品时参考的设计图，还是叫素描？是这样的东西。说是照着久保田先生的描述画的。"

纸上画着像画稿的图样。

"宝石总共有五颗，全凭久保田先生的记忆，画了……这叫平面图和立体图吗？还有一个是斜斜地看过去的角度……不愧是做这行的，画得真好。"

"阿彰手很巧嘛。"幸江探头看图，"不是戒指那些首饰，就只有宝石吗？"

"好像是。这似乎是实物大小。像这样一看，感觉挺大颗的呢。普通钻石应该更小颗吧？虽然我也不知道钻石这东西一般都是多大、价钱是多少啦。"

敦子也探头看。

她原本猜想会是三视图那样的图样，不料笔触却像静物画。

这张图——是设计图吗？——如果是实物大小，就像益田说的，算得上相当大。这种尺寸，而且是钻石的话，应该逼近天价了。敦子长年过着与宝石和饰品无缘的生活。她固然觉得那些东西很美，但并不会想要，也从来没想过要佩戴。但行情她还是知道的。

一克拉四十万到五十万日元。

一克拉是二百毫克。

光看图样，看不出究竟有多少克拉。钻石的价格似乎会依据色泽、透明度、切割方式而有所不同，因此敦子当然无法估价，但这应该有数百万日元之巨，视情况甚至更高。而这样的钻石……共有五颗。

这……

益田察看幸江和芽生的脸色，接着向敦子投来求助的眼神。

"怎么样呢？对了……七年前他们在商量坏勾当时，有没有提到这样的宝石？有没有听到几克拉、钻石这类字眼？如何？芽生小姐记忆力好像很好，你记不记得什么？"

"说得好像我很健忘一样。"

"幸、幸江老板娘是我最后的希望，所以我打算留到最后再请教，请千万别误会了。啊，就算您先想起来也没关系的。"

"这小哥也太随便了。"幸江一脸目瞪口呆。

"托您的福，我这人向来随便。"益田应道，"怎么样？敦子小姐？嗯，光看画也很难说什么吧。"

——不。

这东西……

"益田先生，你知道隐匿物资吗？"

"印……什么？印泥五只？"

"不是。战争时期，日本军从民间接收了大量的物资，但是在占领军登陆之前，发布了处理通告，对吧？可是有相当多的物资下落不明，就此消失在黑暗之中。也有人说是流入政界了。喏，众议院也组成了特别调查委员会……"

"然后呢？"

"仍然有一大半下落不明，尤其是贵金属。"

"贵金属？"

"贵金属也被接收了。甚至有传闻说，陈列在银座珠宝店的宝石，多半都是倒卖的隐匿物资。"

"咦？"

"可以借个电话吗？"敦子站了起来，"这里……有电话吧？"

"有啊。喏，柜台旁边。"

有必要确认一下。

向哥哥，或社会记者鸟口——不，鸟口今天应该是去反氢弹联署运动全国协会成立大会进行摄影工作，正是敦子委托他去的。

敦子想了一下，先打电话到《稀谭月报》编辑部。这天是星期天，但一定有人在。

中禅寺吗？不得了啦……！

没想到电话一接通，总编中村就在彼端大喊。

3

"好没品哦……"淳子说，几乎要笑出来。

南云淳子是美由纪母亲的姐姐的长女——也就是美由纪的表姐。

小时候她们每年会见面一两回，玩在一起，但自从搬家以后，便渐行渐远，最后一次碰面，应该是五六年前的事了。

淳子比美由纪大五岁，所以应该已经成年了。听说现在在公所上班。出社会了。

美由纪正在放暑假。

现在正在进行一场小旅行。

她回到老家所在的木更津一星期，四处闲晃了四五天，一下子就没事做了。

美由纪和木更津这块土地的感情并不深厚。

附近是有几个小学同学，但以前也没好到每天一起玩，而且她们现在都有了各自的朋友圈，三天两头去找人家，也觉得不好意思。当然有暑假作业要写，但美由纪也几乎理所当然地早早认定那种东西是要留到暑假后半段再说的，因此她的无聊很快就到达了顶点。

所以她才会计划来场旅行。

说是旅行，也是可以当天来回的距离，而且不是去陌生的地方，或是观光地区。美由纪只是想要来一场过去之旅。

小时候——

美由纪一家人住在胜浦。

准确地说，是一个叫兴津町鹈原的地方。

她们家是在父亲自己开公司的时候搬到木更津的。

应该是她刚上小学时的事。初中美由纪读的是寄宿学校，因此在木更津只住了短短四五年而已。虽然没有任何不好的回忆，但回忆的总量并不多。

父亲在自立门户开公司时，似乎和祖父大吵了一架，祖父闹起别扭，表面上双方断绝了来往。话虽如此，父亲总是定期寄生活费给祖父，因此似乎也没有闹到断绝父子关系的地步。

并非有什么严重的心结。

祖父应该只是想在熟悉的土地上继续做他的渔夫吧。但父亲之所以会决心创业，就是因为祖父没办法继续打鱼了。

祖父去苏我拜访朋友时，遇到千叶空袭，脚受了伤，不得不放弃打鱼。

但祖父对这一行还是恋恋不舍吧。

直到去年，他仍固执地在鹈原独居。

美由纪一直被迫待到去年的寄宿制女学院，就在胜浦附近。虽然不远，但学校位于远离城镇的山中，不是可以轻松来回的距离。

那所总有点像监狱的女学院，去年春季发生了连环杀人案。

在那起凄惨的事件中，美由纪失去了要好的朋友。她一度遭到怀疑、责备，她一度哭泣、呐喊。

事情闹得最凶的时候，美由纪时隔八年再次见到了祖父。美由纪长大了，祖父却变小了。

变小的祖父，成了在惨不忍睹的事件旋涡中备受颠簸的孙女的系船索，将美由纪牢牢地系留在这个世界。

以这个事件为契机，祖父不再坚持己见，搬去和美由纪的父母同住了。因此现在祖父也住在木更津。

这就等于是美由纪和出生后生活了六年的鹈原彻底断绝了关系。

学院也在案发后关闭了。她觉得往后应该不会再踏上胜浦一带的土地了。

应该不会有事去那里。

所以她才决定过去看看。

从木更津到鹈原，搭房总西线换乘房总东线，三个小时都不用。早点出发，上午就可以到了。美由纪望着车窗外的海景，一眨眼就抵达了目的地。

祖父以前住的小屋仍保持原样。

祖父收集的漂流物似乎在搬家的时候全丢了。祖父以前当渔夫的时候，都会捡拾漂到船边的各种东西收藏起来。

已经成了一栋废屋。

屋内一片空荡荡，布满灰尘。

本来好像就没什么家具，而且似乎从以前就这样灰扑扑的，但美由纪还是强烈地感觉无人居住的家，就好像蛇蜕下的皮一样空洞。

虽然呈现家的形状，却已不再是人家，只不过是柱子、墙壁、天花板和地板的组合。

门口掉了几个裂开的贝壳。

屋内灰扑扑，屋外的泥土却是湿的。

埋没的记忆残渣浮现出来。

美由纪兴起顺便去看一下**那所学院**的念头。

但学院有段距离。虽然也不是去不了，但很花时间。光是累一些也就罢了，但她担心有可能在回程路上就入夜了。

再说，听说已经废校的那里，年关一过就开始动工拆除了。那样的话，应该已经拆得差不多了吧。

那么岂止是空荡，都已经是废墟了。不，搞不好已经夷为一片平地了。

那种东西去看了也没用。

再说，即使建筑物还留着，别说认识的人和朋友了，那里应该没有半个人了。即使有人，应该也是拆除工人吧。

这些都是明摆着的事。

那里并没有什么美好的回忆，可以让她看着校舍残骸或翻开的地面，沉浸在感伤之中。

这么一想，过去看看的念头顿时馁了。

因此……

美由纪前往淳子居住的总元。

不是一时兴起。她原本就打算拜访。

总元她小时候去过好几次。

搬到木更津以后也去过几回。

虽然无法明确地想起最后一次去是什么时候，但上了中学以后，应该就没有再去了，因此最起码也有四年——不，超过五年没有拜访了。

美由纪还不到缅怀过去的年纪，因此直接的动机当然是想要确认一下之前和同学聊到河童时想起的河伯神社。倒不如说她另有企图，觉得阿姨家可以免费过夜，应该可以在那里打发几天时间。

她拜托母亲事先联络过阿姨了。

以前的话，应该是先写信过去，或是发电报通知几月几日要过去，烦请关照。现在的话，只要打通电话去淳子上班的公所，不必发电报也能联系上。

她请母亲转达会在明天下午过去，具体时间不一定。

天天放假的小朋友美由纪什么都没有考虑，但母亲是在星期五打电话过去的，淳子好像说星期六上半天班，所以没问题。但因为没有告知确切时间，所以没办法请人来接。

虽然担心自己是否还认得从车站到阿姨家的路，但村子并不大，所以美由纪想得很简单，认为四处走走总会走到。

鹈原和总元在地图上看起来直线距离并不远，其实相当遥远，交通不便。

如果搭火车去，就要搭房总东线到大原，再换乘木原线。也就是说，必须朝和老家相反的方向前进，绕上一大圈。而要从那里回到木更津，就形同在房总半岛外围绕上一整圈。

但美由纪觉得这也是一番乐趣。

房总东线的车窗，看出去全是海景。

从木更津上车的房总西线也是，除了一部分以外，几乎都是沿着海岸线行驶，因此看到的全是海。

窗外吹进来的风也充满海潮香。美由纪喜欢海，因此完全不在意，但若问她不觉得腻吗，也觉得好像有点腻。不过比起穿梭在街道的东京电车，更让人欣喜。

但是换乘木原线以后，景观就不同了。

木原线这个线名，据说是取木更津的木与大原的原而成，原本名副其实，会是连接木更津与大原的路线，然而最后却没有连上木更津，如果连上的话，应该会横贯房总半岛的根部。

因为是在内陆行驶，当然看不到海。

铁路旁生着花花草草，再过去是树木。还有森林和山。背景是天空。

然后没什么城镇。这样算荒郊野外吗？

美由纪只待过海边小镇、监狱般的学校，以及城市，因此觉得这景象很新鲜。

任何地方都可以看到天空，却不像这样辽阔。草也是，每个地方都生着杂草，也开着花，却很少有地方像这样一整片土地都被花草所淹没。

美由纪想起，小时候似乎看过开了满地的油菜花，当时惊奇万分，或许那就是来总元玩时的记忆。那时候的回忆是一片鲜黄色。

车窗外，左右都是草木和天空。

她在车里吃了母亲为她准备的便当。美由纪没吃早餐就出门了，狼吞虎咽到连自己都有点不好意思。

幸好乘客不多。

然后——

就在美由纪呆呆地望着车窗外流过的近乎耀眼的深绿时，火车抵达了东总元站。

时间是下午四点。

她应该是下午一点从胜浦出发的，所以包括转车在内，花了快三个小时吧。

这是个宛如玩具的无人小站。

只有美由纪一个人下车，因此她在月台上站了片刻，呼吸空气，环顾四方。

有条美丽的河。

——是河。

她只是这么想。完全没有浮现这里有河童的想法——虽然准确地说，是有河童的传说。

河川映照着夕阳，波光粼粼。

车站——但连栋小屋都没有——前方空无一物。

真的什么都没有。

连个人影都不见。

好了，该往右还是往左？美由纪完全没个数。她毫无印象，半点以前来过的记忆都没有。美由纪有点受不了自己的乐观率性。然而……

她正杵在车站前面，淳子忽然冒了出来。美由纪大吃一惊。但这不是巧合，也不是奇迹，是淳子估计她大概何时会到，过来接她了。美由纪说太厉害了，淳子应说火车也没几班。

除了戴上眼镜以外，淳子感觉没怎么变，但美由纪似乎变了许多，淳子频频感叹"你长大了、你长大了"。

如果是幼童，或许会觉得高兴，但都十五岁的人了，就算被人说"长大了"，也一点都不开心。

不过淳子也说她变漂亮了，所以美由纪也不计较了。即使只是客套话，她也不想追究。

美由纪在路上打听了河伯神社的事。

她的记忆没错，字也对了。但淳子说她觉得河伯神社和河童无关。

淳子疑惑美由纪怎么会对河童感兴趣，因此美由纪把连环偷窥狂引发女学生议论河童的事告诉了她。

"东京的女学生平常都聊这种事吗？"

"才没有呢。"

"只有你吗？"

"不要这样好吗？我只是也可以聊这种话题而已，没事才不爱聊呢。谁要聊什么河童嘛。"

"河童哦，世上没有河童嘛。"

"在聊到以前，我的脑袋里连个河童的河字都不存在呢。"

"平常不会去想到什么河童嘛。"淳子笑道。

"就是啊。像我朋友，连屁股这个词都说不出口，我真佩服她们居然聊得下去。"

"是啊。不过，我也觉得河童是绿色的。"

"就是说嘛！"美由纪格外大声地附和说，"在这一带也是这样吗？"

"不，这一带不太常听到河童的传说，也没听我爸妈提过。我的祖父母在我出生的时候就已经过世了，外公外婆也不是本地人。"

她们的外祖父母是千叶市人。

"那，世上果然没有河童吗？"

"本来就没有河童吧？"

"不是那个意思啦。我听铫子的渔夫说起过河童。"

"你说屁股泡在河里的习俗吗？"淳子问，表情欲笑，"真的有那种习俗吗？"

"我是这么听说的啊。可是，嗯，我也没听爷爷提过河童的事。不过……明明有这么大一条河呢。"美由纪看看马路左右说。

从月台看到的河川非常美丽。

从这里只看到蓊郁的树木、田地，看不到河。

但听得到水声。

"咦？"

总觉得有点奇妙。淳子问她怎么了？

"河是在这边吧？"

流水声听起来是在左边。淳子说"是啊"。

"那，这条河和从车站月台看到的河，是不同的河吗？还是支流？"

"美由纪，你在说什么呀？是同一条河呀。"

"可是流向……"

从车窗看到的河，感觉是和铁路平行流过。

但现在流过美由纪旁边的河流却非如此。

"河道是弯的啦。"淳子说。

"弯的……？可是这里离车站不远耶，除非突然转个九十度，否则不会跑来这边吧？"

"就是弯成这样啊。夷隅川蜿蜒得很厉害。再前面一点，又会弯到反方向去。"

"弯得这么厉害?"

无法想象。

"铁路应该也跨过河川好几次。有经过铁桥对吧?那都是同一条河。一般应该都是铁路比较弯,但木原线的弧度算是平缓的,反而是河流九弯十八拐。对了,或许不太容易看出来,上游在那边。"

淳子指着和车站相反的前路,接着身体转了一百八十度。

"咦?啊,这样根本看不出哪里才是上游了嘛。"

"来自四面八方歪七扭八的小溪流在各处交汇,最后变成一条,又弯弯曲曲地往北流。"

淳子又转动身体说:"这是你来的方向呢。河往那里流,然后在大多喜一带向东弯去,又弯弯曲曲地流向夷隅……"

然后入海——淳子说。

晕头转向。或许就像清花说的,应该对地理多下点功夫才对。

"晚点再拿地图给你看。"淳子说。

美由纪在淳子家受到款待,姨丈阿姨随后就去年的事件追问了一些问题。

美由纪有问必答,因为也没什么好隐瞒的,结果引来深深的同情。

后来美由纪在准备就寝时,淳子过来了。淳子苦笑,说:"对不起哦,你一定不愿意再想起来吧?"

美由纪并不感到排斥。

阿姨和姨丈询问的动机或许也有好奇心在里面,但他们都是担心美由纪，只要明白这一点，她一点都不觉得讨厌。而且淳子也这样关心她。

"请不要在意。"美由纪说。

她趴在垫被上看了地图。

夷隅川真的曲折到匪夷所思的地步，教人纳闷到底要怎么样才能变得如此扭曲。而且真的在站前呈直角弯曲，害美由纪都笑出来了。

"东总元的车站在这里，河伯神社在这里。"

淳子指给她看的地点距离并不远。

"明天要去看看吗？虽然也没什么好看的。"

美由纪说想去。

虽然应该什么都没有。

应该是累了，美由纪一会儿就坠入了梦乡。

隔天早上，美由纪醒得相当早。

瞬间她猜想虽说是亲戚，但自己毕竟是客人，是紧张的关系吗？但醒来后感觉意外地神清气爽，她转念又想，之所以会醒得早，反而是因为一觉好眠的缘故。

宿舍睡的是西式床铺，因此回老家的时候，美由纪久违地睡在榻榻米上。但是在老家，美由纪只是睡懒觉，拖拖拉拉地赖在被窝里不起来，搞到陷入分不清是睡是醒的状态。

因此这下子总算是好好地睡了一觉吧。

外头传来鸟啭声。

收起铺盖，利落地更衣。她正自个儿在洗脸，阿姨走出来说："咦，小美，怎么这么早就起来了？"

只有阿姨会叫美由纪小美。

"淳子还在睡呢。要叫她起来吗？"

"不用，没关系。我一直在放假，可是淳子表姐一星期才休息这么一天。"

"也是啦，不过她从小就是个爱睡虫。今天你要上哪儿去吗？"

美由纪说淳子要带她去河伯神社。

"咦，那里只有一座祠堂而已啊，也没什么人会去参拜。或许清幽，但什么都没有哦。就连一直住在这儿的我都没去拜过。祭典是在十月。"

美由纪问是怎样的祭典，阿姨说："咦，小美不是去过一次吗？"

原来她去过？

"不过只是小祭典，或许你不记得了。说是祭典，规模也不大。有儿童神轿，然后……"

"好像……有相扑？"

"对，相扑。"阿姨笑道，"你记得嘛。小美来的时候有相扑吗？打仗的时候，有段时间停办了。因为小孩子也少了嘛。有还是没有呢？哎哟讨厌，怎么是我记不得了？"

阿姨哈哈大笑。

美由纪也完全没有看过的记忆，却不知为何有印象，所以不是听人说过，就是亲眼看过。

用过早饭，八点多出发。

放眼四周，全是稻田，一片青翠，天空也碧蓝如洗，刺眼得几乎无法逼视。

草木的清香和水的气味乘风飘过。没有海潮香，也没有街道的杂味。每一个角落都新鲜滋润，一点灰尘都没有。

"这里真是个好地方。"美由纪说，淳子闻言蹙起了眉头。

"不好吗？"

"也不是不好，但真的什么都没有。一看就知道了。你可以去上东京的学校，我真的好羡慕。我一直都住在这里。"

"嗯，或许是吧。"

"不过如果只是偶尔过来，或许会爱上这里。超过二十年以上，日复一日看到的全是一样的景色，真会让人搞不懂今夕是何夕呢。"

两人过了桥。

"这条河也是夷隅川吧？"

美由纪望向脚边。

"是啊。我没看过其他的河。不过从地图上来看，河川应该是更笔直，或者说更平缓的感觉吧？这条河在站前弯向那边，又弯回这里，经过这桥下，真是条性格扭曲的河。"

"可是很干净很漂亮啊。"

"是啦。"淳子说，"这一带的稻田也多亏了这条河，才长得那么翠绿，说它坏话会遭天谴的。不管扭曲得再怎么厉害，都是一条惠泽大地的河呢。"

"水也很透明。东京的河就不是这种颜色哦。我想应该是因为两岸都盖着房屋的关系。"

"那里是都市吧？居民很多嘛。"

"建筑物真的贴到河岸旁边来哦。而且水也没这么清澈，漂着不少垃圾。不过这水实在干净，这么干净的话，就算有河童也不奇怪。"

"如果有河童在里面游泳，不就一览无余了吗？"

"啊，对耶。"

听到这话，再次望向河面……

远方有什么东西漂了过去。

好像是人。

"那是什么？"

"什么？"

"不会有人……在这条河游泳吧？"

"不晓得。"淳子歪头说。

又前进了一会儿，在岔路往左拐，很快就看到石造鸟居了。

"那就是河伯神社。很小。"

"可是鸟居很宏伟。一点都不古老，好像还很新。"

"说它新？我听说是在大正时代建的。社殿在大约五年前失火烧掉了。"

"果然，那我是……"

火灾的事，美由纪依稀有印象。

但她也记得好像是在战祸中焚毁的，所以应该是误会了。不管怎样，如果是五年前烧掉的，时间就对不起来了。那段时间美由纪并没有来过这里。

"我是什么时候来的来着？"美由纪提出了很傻的问题。

"你最后一次来我们家过夜，是战争刚结束的时候吧？大概九年前，所以那时候旧社殿还在。我也才刚上中学。不过那个时候你应该没有来这里呀？"

——是吗？

"那祭典呢？我看过祭典吗？"

"咦……？那个时候……有祭典吗？不记得了耶。我记得你来的时候是秋天，如果有祭典的话，或许会来看看，可是日子不一样吗？……不，那时候一定没有活动。还是更早以前？"

"这样啊。那我是更早之前来看过吗？"

"嗯……我也不知道耶。"

淳子用食指抵住下巴。

"其实我自己也没什么祭典的记忆。听说以前很热闹，但现在已经完全式微了。倒不如说，我对祭典向来没什么兴趣嘛。应该没去吧。"

那，自己只是听人描述的吗？

登上四五级石阶。

又有一座鸟居，左右被栅栏般的东西围起，高出地面一截。里面有社殿。建筑确实还很新，没有古色古香之感。

"要去拜一下吗？"

"里面供奉着怎样的神？"

"不知道。"淳子说，"应该类似村子的守护神吧。"

"错！"

突然一道声音响起。

栅栏和鸟居之间站着一个人。

"这里供奉的是河伯神！这可是元禄十三年（一七○○）

十二月创建的古老神社。只是因为在明治时期成为村社，所以在这一带被当成了氏神。可是原本是河伯神，河伯神！"那人口沫横飞地说。

圆滚滚的。

不过额头很长。

额头上竖着硬如钢丝的头发，也像是睡觉压出来的。脸上戴着看起来度数很深的眼镜，上身穿着有许多口袋的背心，裤子松松垮垮的。

美由纪以为是神社的人，但似乎不是。那人脖子上挂着两台体积不小的相机，而且还背了个大背包。是在搬运黑市米吗？不过那模样实在很惹眼。

"听好了，河伯呢，是在中国神话故事中登场的神明。传说外形是乘坐白龟或龙拉行的车子的神人，或是龙形，或是人面鱼身，是黄河之神，是神！听到了吗？不是日本的河，而是黄河，黄河呢！"

那个怪人以怒气冲冲的语调说着，想要穿过鸟居，但背包卡住，一个踉跄，差点滚下石阶。

太危险了。

只见他重新站稳，走下石阶，走到美由纪面前，眼镜背后颇为凛然的一双眼睛斜睨着她，撇下略小的嘴唇……

神气活现。

或许也不是在耍威风，但绷着一张脸，摆出挺胸叠肚的姿势，看起来就是在耍威风。又因为个子不高，所以格外让人如此感觉也说不定。

接着男子唐突地说了起来：

"听清楚了，河伯神社除了这里以外，还有别处。像宫城县的安福河伯神社就很有名。那座神社是日本武尊[1]迎来神灵建造的呢，知道吗？它在贞观四年（八六二）成为官社，被授予正五位的社级，听到了吗？正五位呢，正五位！可是这里供的神是速秋津比卖神！这是水户神，也就是掌管水门的神，同时也是吞下流入河川的罪恶与污秽的神明。也就是说，是过滤来自上游的污秽之物，免得它们排入大海的神。虽然是水神，但不是河伯！供奉河伯神的神社，有飞弹的荒城神社，但这似乎是误会一场！荒城神社也是古老的神社，一直以来都说那里供奉的是河伯神，但其实是大荒木之命。虽然也合祀着水神弥津波能卖命，但这也不是河伯！"

男子小巧的鼻子"哼"地喷出气来。

"高知也有叫作河泊神社的神社，但字不一样，是停泊的泊。不过，我认为原本是伯爵的伯。不过那间神社很小。听好了，散布在全国各地供奉河伯的神社当中，供奉着龙神外形神明的神社，我认为就只有这里！"

可是没有！——男子叫道。

"对吧？没有吧？"

"没、没有什么？"

"就是，"男子加重了语气说，"这里应该要有龙神像才对，

1　日本神话传说中的英雄人物，为景行天皇之子，被派遣各地平定各方，得到"日本武尊"的称号。

可是没有啊，怎么会没有呢？到底跑哪里去了！"

"请问……您是哪位？"淳子问。

"咦！"

有什么好惊讶的？在这种情况下被问到名字，一般都会自我
介绍吧？

该惊讶的是美由纪和淳子才对。

"噢。"

男子摘下眼镜，用布擦了擦又戴回去。

"我是研究家。"

"噢……"

"我叫多多良胜五郎。很多的多，良好的良，胜利的胜，
一二三四五的五，桃太郎的郎。多多良，多多良胜五郎。我在研
究的呢，是……"

"神社吗？"淳子问。

"神社**也**是我的研究对象。"多多良答道，"我研究许多东西，
包罗万象。"

"什么都研究吗？"美由纪问。

"才没那么随便呢。"多多良撑大鼻翼说，"那不重要，重要
的是龙神像。龙神。而且我听说是女神呢！"

"是吗？"

"这是什么话！听好了，发源地的河伯是男神呢，妻子是黄
河的支流洛水的水神。既然说是妻子，所以是女神，那这里的神
有可能是那个女神啊！如果有那种神像，我无论如何都想要看
看，非看不可！"

呃，原来是这样吗？

"应该是烧掉了。"淳子说。

"烧掉？为什么要烧掉？"

"发生火灾啊。"

"火灾！"多多良惊呼，用力抓头，"这怎么行呢！喂，这种东西是重要的文化财产啊！就算国家不指定，县政府不指定，也非得保护起来不可啊，喂！"

"噢……"

"这样不就永远不知道真相了吗！"多多良恨恨地跺脚。美由纪第一次看到真的有人像这样表达不甘心。

"那、那它的由来呢？"

多多良紧追不舍地问美由纪。

美由纪说不知道。

她不可能知道。

"怎么会不知道？你不是本地人吗？身为氏子[1]，怎么可以不知道呢！"

"我不是本地人，是游客。"

"咦！"多多良整个人僵硬。

"我才是本地人。"淳子微微举手说。

"这、这样吗？那……"

"我不知道。"

淳子抢在男子说完前就打了回票。

_____

1 氏子，居住在氏神守护的地区供奉共同的氏神的人。

虽然不管再怎么好意地去看，这个叫多多良的人无论是态度还是外表，都十足可疑，但确实也有无法轻易如此断定的部分。

古怪归古怪，但也不像个坏人。

论到他是否讨喜或和善，答案完全是否定的，他那口气和表情看起来也完全像是在生气……但或许就是这一点反倒好。如果是阿谀讨好的态度，她们应该会敬而远之。多多良将唇角下垂的嘴巴张开了一半，发出不成声的呻吟。

"你真的不知道？"

"我是本地人，但不是氏子。我不是很清楚，但这座神社的氏子，现在大概有十几家。我们家离这里不算远，但顶多只有祭典的时候会来凑个热闹而已。"

"你说祭典，是河童祭吗？"

"不，应该不是哦。这里不是河童神社，是河伯神社嘛。我觉得是各地都有的普通秋祭。"

"不可能！"多多良愤慨地说，"枉我像这样追寻河童……"

"河童？"

"对，河童，就是河童。"多多良说，"不就是河童吗？"

"可是这里是河伯神社啊，不是河童。"

"所以说，"多多良加重了语气继续说，"也有说法认为河伯才是河童的起源。我并不赞同这种说法，但实际上也有些地区把河童称为河伯，或是写成河伯，但发音和河童一样是 kappa。也有人把河伯视为对河童的尊称。即使不可能是河伯进入日本，变成河童这么单纯，但可以肯定两者绝对有关系。从语源来看，我更重视朝鲜语读法的河虎（kawako），但……"

"好好好，我明白了。"淳子安抚说。

"明白了？你怎么可能明白？你说你明白了什么？我都已经研究了几十年了，还完全不明白呢！"

"我是说我明白你在很认真地研究了，除此之外什么都不明白。我们没有在研究什么，所以就算你问我们，我们也什么都不知道。那个……"

淳子瞟了美由纪一眼。美由纪没什么好说的，便说："多多良先生在研究河童呢。"

"所以说，河童也是我的研究对象。"多多良再次神气地说。

"河童是那个……喜欢吃黄瓜、喜欢屁股的河童？"

"没错，喜欢屁股的河童。"

"颜色……是红的吗？"

"这……这一带的河童也是红的吗！"多多良激动起来。

"红、红色的是东北的。还是岩手的？"

"噢，岩手的河童是红的，脸是红的。这一带呢？"

"不晓得哎……"

这也是美由纪想要问的。

"不是绿色的吗？"她说。

"那是标准的河童！"

"河童有标准吗？"

"没有。"

什么嘛。

"是没有标准，所以说标准是有语病的。也就是最广为流传的形象啦。江户时代的那些黄表纸¹上画的河童漫画，嗯，是那种颜色。河童这个称呼，仔细想想，原本应该也是关东近郊的方言，以前叫河童小僧，或是川太郎。然后这称呼和那些图像一起扩散到全国，和各地的传说混合在一起了。不光是互通，而是混在一起了！结果河童这样的称呼就变得像标准话一样了，特征也变成一样了！再这样下去，会全都变成一个样。这样是不行的。和土地原本的联结会……"

对吧？——多多良寻求她们的认同。

"噢……"美由纪漫不经心地应了一声。

多多良话只说了一半，她根本不解其意。

"盘子和甲壳也是关东的吗？"

"盘子的范围更广。甲壳我认为本来应该是关西的。不过古老的河童浑身都是毛，也没有盘子。关东也是。"

"噢……那个……叫什么来着？屁股的……珠子？"

"美由纪！"淳子拉扯她的袖子。

"尻子玉是吗！会的，也会拖马，会拔尻子玉。"

"果然是屁股……"美由纪有些失望。

这时——

传来连声呼喊"老师老师"的声音。

朝声音的方向望去，一名穿开襟衬衫的男子跑了过来。

他正要穿过第一座鸟居。

---

1 江户后期流行的一种草双纸（插图小说），因封面为黄色，故称为黄表纸；是以成人读者为对象的绘本。

浑身大汗。

"不行，没有人知道。"男子说道。发现美由纪和淳子，他"啊"了一声。

"请问……"

"我们只是路过的人！"淳子宣告。

万一被当成认识的人就麻烦了。

男子轮流看了看多多良和美由纪及淳子，接着垂下眉毛，问："呃，是不是老师给两位添麻烦了？"

"怎么会！我只是请教她们两位而已！"

主要不都是他在说吗？

"啊……真不好意思，我们算是那个、来帮杂志做采访的，这位是妖怪研究家……"

"妖怪？那是什么？"

"妖魔鬼怪那些的。"男子说，"呃……这位是多多良胜五郎老师。他绝对不是什么可疑人物，请不要误会了。这是我的名片。"

男子从口袋掏出名片夹，恭恭敬敬地递上名片。

稀谭舍/《稀谭月报》编辑部·古谷佑由……

上面这么写着。

"不晓得两位知不知道，有本杂志叫《稀谭月报》，上面有个连载专栏《失落的妖怪们》，就是这位多多良老师……"

"稀谭舍？"

"是的，所以绝对不是什么……"

"《稀谭月报》？"

"对，所以虽然不清楚老师如何冒犯了两位，或是两位有什么想法，但我们绝对不是可疑人物……"

"怎样啦，说得我好像可疑人物一样。古谷先生，我一点都不可疑，好吗？对吧？我一点都不可疑吧？"

"可是老师，万一又像上次那样遭到误会……"

"那是对方不好。我只是进去调查那座宫祠而已，居然把我当小偷。什么非法闯入，太夸张了。"

"不，那是人家的私有地，或者说，是私人住家的庭院……"

"不是正经打过招呼了吗？我说过'我要进去啰'了呀。是他们自己没听见人家打招呼。小偷才不会宣告说要进去呢。不会说，对吧？"

"请问，《稀谭月报》是中禅寺敦子小姐上班的地方吗？"

"中禅寺！"多多良和古谷齐声惊呼。

"中、中禅寺是敝社员工……是我的同事，小姐认识中禅寺吗？"

中禅寺敦子对美由纪来说，是年长她许多、值得尊敬的朋友。她把对方当朋友。

但不知道对方怎么想，而且对方年长自己近十岁，说自己是人家的朋友，也未免太自抬身价，但对方确实愿意亲近自己。总之……两人的关系不太容易解释。

两人在今年春天因为某起事件而结识，后来每个月会见面一两次。

虽然说是见面，也只是在零食小卖部喝个蜜柑水，聊聊天而已。

"我们有点认识。"美由纪只这么说。

"那是中禅寺的妹妹啊！是吗！"

看来不只是敦子，连哥哥也认识。

敦子的哥哥也参与了去年的大事件。

"倒不如说……中禅寺是多多良老师的责任编辑。我是临时代班的临时编辑。"

淳子呆在一旁。

她应该一头雾水吧。

"呃……"古谷想要称呼。

"我叫吴美由纪，这位是我表姐。"

淳子自报姓名，说她在公所上班。

"是公所人员吗？啊，那太刚好了。请问，这座神社的……"

"火灾啦火灾。"多多良说，"我已经打听到了。说御神体在火灾中烧掉了。"

"那是扑空了吗？"古谷说。

"扑空啦扑空啦，三振出局。这里什么都没有。而且她们还说这一带没什么河童的传说！"

"咦……明明感觉应该会有河童啊……"古谷哭丧着脸说。

淳子不知为何一脸歉疚，说："不，或许只是我不知道而已，老人家或许知道。"

"噢，老人家啊……可是刚才我也在附近人家请教了一下老人家，问这一带有没有河童，结果对方摆出'你白痴吗'的表情……"

美由纪觉得一定是问法太糟了。

"所以……我不死心，在附近问了两三家，他们都很好心，没有让我吃闭门羹，愿意听我的问题……但确实似乎都不怎么关心呢，全都说不知道。"

"不像话！"多多良说，"太不像话了！明明有河，却没有河童，这太奇怪了。有如此丰富的水系，居然不知道河童，河伯神知道了都要哭泣！"

对吧？——多多良向美由纪征求同意。

美由纪只能笑。

"可以请你介绍耆老给我们吗？"古谷搔着头问淳子。

"真伤脑筋呢。嗯，我是知道哪些家庭有老人家，也知道地点……大户这边的话，我想想，哪一户有呢……"

难得休假，淳子却跟着遭殃了。

虽然招来这场灾祸的毫无疑问是美由纪。

"公所没有公关课吗？"

看古谷的表情像是没辙了。仔细想想，从各种意义上来讲，他确实相当困扰吧。淳子似乎也很为难。

"那只是一间小小的村公所，而且今天是周日……小学的前任校长住在离这里不远的地方，校长先生的话……"

"就那个人吧。"多多良说，"哪边？那边吗？"

"什么那边……要过河才行，得先到桥那里。路上的漫水应该没办法过去……"

"漫水！"

多多良突然大喊。

"对，漫水。漫水不是妖怪吧？"

"我知道，没有那种妖怪！那是沉下桥对吧？是一种沉下桥吧？还是该叫作潜水桥？"

"那是什么？"美由纪问。

她没听过什么沉下桥。

也不知道什么潜水桥。

真的有好多意义不明的词汇。

虽然有可能是因为美由纪是个没知识的小朋友。

"路上的漫水就叫作沉下桥！不对？潜水桥才正确吗？不过就是那种东西吧。桥架在河面以下，对吧？"

"河面……以下？"

那样就没法过桥了。

倒不如说，那根本不是桥。

但淳子却应说"是的"。

"嗯，那不是桥，所以我不知道那样的称呼正不正确，不过是可以步行过河的路。"

"在水里面，对吧！"

"嗯，是这样没错，不过那叫什么呢？我们都说漫水，所以是在水里。"

美由纪觉得这样平时无法过去。

"那是什么？"美由纪问。

"噢，那不是桥，路穿河而过，路面的部分就像浅滩。虽然会稍稍弄湿脚，但还是可以过去。"

"我无法想象。"

"我一定要瞻仰一下！"多多良说。

"那没什么好看的啊。"

"才不会。那里很古老吗？古老的潜水桥可不常见。"

"我觉得蛮古老的。"

"这样吗？潜水桥和架在河面上的桥不一样，成本低廉。因为是道路的延伸嘛。但遇到汛期，就无法通行了，对吧？"

"如果水位升高，确实没法过……但也不是架的桥……"

"是天、天然形成的？"

"不清楚耶。那里……嗯，应该是有人建造的，或是有人维修……不过原本应该就是那样的地形吧。"

从什么时候出现的，村史也没有记载——淳子说。

"或许有填高或是挖掘，但应该一开始就是那个形状吧。真的就只是河里有条路的感觉。那……不算桥呢。只是条可以过河的路而已。那应该叫什么呢，浅滩路？所以没什么人把它当作桥吧。所以我们都叫它漫水。"

"我们走吧！过河也可以！"

多多良也没问路，径直走了出去。

古谷擦着汗，频频行礼。

来到通往车站的较宽的道路，往车站方向前进，弯进左侧小径，又走了一会儿，很快就听见流水声变得响亮。

不，那里已经是河了。

只是一条河。

没有什么桥。

"就是这里，大户的漫水。"

"咦！"

多多良往前冲去，站在河畔。

被多多良堵住，前方都看不见了。

"噢……"

美由纪从多多良旁边探出头去，望向河面。

虽然不是很清楚，但河里确实延伸着一道线。

"就是那个吗？"

"嗯，就是那个。喏，这条路一直通到对面。"

确实，对岸有道路。

这里的路沉入水中，就这样往前横穿河流。直线到了对岸，就像从河里长出来似的，变成道路，延续至其上的坡道。

"可以过吗？"

"可以、可以。喏，如果有事要去对岸，走另一边的桥，就得绕上很远的路，对吧？得一路走过去，过桥之后再折回来。虽然水位高的时候可能有点危险啦。对面也有田地。所以还蛮方便的。"

"呃……"古谷发出怪声来，"老师，您该不会说要走这里过去吧？南云小姐，你说校长先生家在对岸……"

古谷的面颊抽搐。

"没有啊，就像你看到的，对面是一片田地。校长先生家是在对岸，所以要过桥，但不会绕远路。虽然从这里过河之后再穿过田地，一样可以到。"

"请不要说那么可怕的话。"

古谷打开扇子啪哒啪哒地扇着。

"哎，不好大声说，那位大师总是这副德行。完全摸不准他会对什么感兴趣。他会被菌菇、贴在厕所的符咒，甚至是掉在地上的木屐吸引。能正常奉陪他的中禅寺，实在教人尊敬。"

多多良默默地杵在那里。

"老师，已经看够了吧？我们赶在中午前去校长先生那里吧。万一打扰到人家午饭就不好了，而且我也想尽量在今天处理完毕。我们得回到昨晚过夜的大多喜那一带，否则没地方住哦。"

"嗯……"

多多良在低吟。

"怎么了？难道是发现河童了吗，老师？"

"搞不好哦。"

多多良这么说。

"什么？"

原本在最末尾的古谷总算走到前面，站到多多良右边。

"您在说什么呀，老师？是太热中暑了吗？"

"古谷先生，你看那像什么？"

多多良指着某样东西。

美由纪也产生了兴趣，走上前去。

多多良那偏短的手指的前方——

河流中央有一样看起来白白的物体。

是从上游漂下来的东西，被漫水卡住了吗？

"那个……是屁股吧？"多多良说。

"屁股？身体后面的那个屁股吗？什么东西的屁股？"

"什么东西的屁股？屁股就是屁股啊。看看不就知道了吗？那是人的屁股吧？"多多良说。

"人？人类的人吗？人的……屁股？"

"废话，没有动物的屁股长那样的。看仔细点好吗？古谷先生，看，那明明就是人吧？虽然泡在水里面，但可不是垃圾或水草，对吧？"

看起来……像人。

上半身泡在水里。手臂随着流水载浮载沉。

疑似头发的黑色物体一样在水中漂荡着。上半身似乎包着白色的东西，但下半身……是赤裸的。

看不出有没有穿鞋子。

但没有穿裤子或内裤。

确实是屁股。

水面露出一颗屁股。

正面朝下，裸露的屁股高撅……

"那、那不是浮尸吗？"美由纪说，古谷"哇"地惊呼。

"浮……浮尸？"

"那……是死人吧？"

"死、死掉了吧。因为脸完全泡在水里啊。不是……人偶吧？是真人吧？是人……那、那就是尸、尸体。死掉了。"

"哎，"多多良总算转向美由纪，"那是露屁股的尸体吧？"

简直就像被河童干掉的一样——多多良说。

"淳、淳子表姐！"美由纪回头。

淳子张大嘴巴僵在原地。

"快、快点报警！立刻！"美由纪大声说。

4

"少说那种没品的话……！"

敦子来到门口，只见貌似刑警的男子拍桌大喝"这家伙搞什么东西"。

"什么屁股啊珠子的。放任他说，从刚才开始就东拉西扯一堆无关的事。我要听的不是这种下流猥琐的事，就不能给我正常一点说明吗！"

"什么下流猥琐的事！确实，河童也有猥琐的一面。在民俗社会当中，河童会躲在厕所里，摸妇人的屁股，或是与人类交媾，让人类替它生下后代。河童很好色的。而且出现在通俗小说和黄表纸里的河童几乎都很下流。它们会放屁。河童的屁[1]！"

"你啊……"

"所以说……"

抢在刑警面前的人物——民间妖怪研究家多多良胜五郎又要激动地争辩什么之前，驻在所巡查大声打断了他："抱歉！"

"干吗？"

"是。本官是总元驻在所的池田进巡查，我可以发言吗？"

"你啊，不用每一次都报上名字啦。这间驻在所不就只有你一个人吗？你的名字我已经听过五遍啦。"

"是。那个……"

"啊？你把人带来啦？喂，我不是说都快入夜了，小姑娘等

---

1 "河童的屁"是日本的俗谚，形容事情轻而易举。

明早再说吗？"

"不、不是这样的，矶部刑警大人……"

"哪有刑警后面又接大人的？再说，刑警不是警衔啦，我也跟你一样是巡查，跟我毕恭毕敬什么？"

"失礼了！"池田巡查行了个最敬礼。

"所以说，我们警衔一样，不用跟我用敬语啦，池田先生。先让小姑娘们回去吧。这老家伙不晓得在莫名其妙瞎扯些什么。"

"所以说！"多多良激动地说，"没有尻子玉这种内脏器官。应该是从浮尸的肛门大多松弛张开而想象出来的东西，这也是对水难事故的……"

"老师。"

"恐惧，或者说敬畏……"

"老师。"

"所以这无关色情，而是……"

"多多良老师！"

叫到第三次，多多良总算注意到敦子，将脸转了过来，只"噢"了一声。

姓矶部的大块头刑警表情扭曲，看向敦子，怪里怪气地"啊嗯？"一声。

"原来不是发现人吗？这人又是谁？"

"是！这位是……呃，东京的出版社稀谭舍《稀谭月报》编辑部的中禅寺敦子……小姐。"

"中、中禅寺？"

矶部站了起来。熊腰虎背。

"这姓氏让我有了不祥的预感。稀谭舍？那你是里面那男人的同事吗？啊，是这老小子真正的责编什么的吗？"

"我不是老小子，我叫多多良。"

"你闭嘴。"矶部说，"我请教一下，你们家还是亲戚里面，有没有一个穿和服卖旧书的怪人？"

"那应该是家兄。"敦子说完，矶部"嘎！"地怪叫一声，手指比出手枪的形状，"砰"的一声，对敦子做出射击动作。

"怎么来的净是这种家伙啦？为什么老是发生这种古怪的事啦？"

明明我的射击功夫这么了得——矶部摇晃着庞然巨躯说。矶部自己要古怪多了。

"哎，算了。喂，你，这个多多拉？多多乐？"

"多多良。"

"帮我翻译他的话。你是他的责编吧？"

"什么翻译，我从头到尾都只说日语啊，又没说广东话或是希腊语，而且我也不会说，你说对吧？"

"我知道。请问，我听说敝社的古谷和多多良老师是尸体的第一发现人……是这样吗？"

矶部应道："对啊。"

"但是这场面看起来与其说是在做笔录，怎么更像是在讯问嫌犯……？"

"我才不会在这种驻在所讯问呢。起初只是询问而已，可完全听不懂他在说什么。我不知道他在说什么河童喇叭[1]的，所以……"

1　日文中，河童（kappa）和喇叭（rappa）押韵。

"我明白。"

"不是喇叭！河童才不会吸东西！"

"喇叭不是用吸的，应该是用吹的，老师。再说，刑警先生现在想知道的不是浮尸的民俗学解释或河童传说的由来，他只想知道发现时的事实，相关考察最好留待之后。而且这似乎有可能是连环杀人案……"

"没错，就是这样……我是很想这么说，不过你怎么会知道？难道你就是凶手？"

听矶部说出有些越出常轨的话，敦子向他递上名片。

她对遇上这样的态度早有预期。

尤其是和多多良一起的时候，这种事就是家常便饭。

多多良对万事万物均好奇万分，并热心探究。唯一的问题是，他唯独对于社会观念毫无兴趣。

此外，多多良通过学习钻研，对各方面都拥有渊博的知识，算得上是博古通今，然而却只对所谓的一般常识一窍不通。

就以看到山为例。在萌生好美、想上去看看、神清气爽等感想之前，多多良会先观察植被、天气和地形，然后探究有什么样的历史和传说。

接着——

思考妖怪。

多多良就是这种人。

因此即使看到浮尸，他肯定也是先做出这种反应。警方想知道的只是单纯的事实，从这种事态联想到的文化现象，对他们来说应该无关紧要。

换句话说，绝对会发生冲突——敦子听了大致情况后，便如此推断。

加之……

多多良发现的尸体，似乎**下半身裸露**。

地点也和先前的两起案子相当接近。

既然如此，不太可能与益田手上的案子无关。如果有关，益田手中的信息应该有助于办案。

敦子就是这么想，才会拜托总编安排，同益田告别后立刻赶到这里。

反正本来就是敦子应该要来的。

但路途遥远。抵达事发地千叶县总元村大户时，已经夕阳衔山了。敦子向车站附近的民家问路，直接前往驻在所。

结果……

不知为何，貌似巡查的人在驻在所前无所事事。她简单说明情况，请对方领她入内……

结果就遇上了这种状况。

这位姓矶部的刑警，看来是负责侦办去年春季胜浦发生的溃眼魔事件或绞杀魔事件的刑警之一。

那起事件，玫瑰十字侦探及敦子的哥哥，也深深牵扯其中。

敦子的哥哥和侦探对警方来说，一定就如同眼中钉、肉中刺。当然，两人应该都不曾妨碍办案，更是对破案做出了贡献，但从警方的角度来看，都是一样的吧。

中禅寺这个姓氏并不常见，所以矶部一定立刻就想到什么了。然后，他应该会对敦子萌生偏见。

矶部瞥了一眼敦子递过去的名片。

"怎么，又想天花乱坠地把人唬过去吗？"矶部讶异地眯起眼睛说。看来被她料中了。

"不是的。"敦子屏住差点吐出的叹息，"我不会做那种事。刑警先生不是胜浦署人员吧？是县警本部的人，对吧？"

"啊？所以说，你怎么会知道？可别说是从那家伙那里听到我的事的啊。还是从那个怪侦探那里？啊，还是本厅那个国字脸刑警？你们在背地里谈论我吗？要不然不可能知道。"

那种八卦就算听了，八成也不会记得。就算记得，除非看到照片，否则也不可能知道就是那个话题人物。

"没有任何人提到刑警先生。"敦子说。

"那你怎么会知道？"

"因为这位……池田巡查实在太紧张了，所以我猜想您应该是县警本部的刑警，如此而已。"

"对不起！"池田大声说，低头行礼，"本官做梦也想不到这一带居然会发生如此重大的刑事案件，因此……"

矶部鼓起脸颊："你啊，没人知道哪里会发生什么事，所以也该在梦里预备一下吧。哎，好吧。你猜得没错，我是千叶县警的矶部，所以呢？你来做什么？"

"是的，其实我刚好得到了可能与前面两起案子有关的情报……在采访的过程中。"敦子撒了谎。

"所以了，你说前面两起案子，可是报上又没说是连环命案，甚至没说是命案吧？倒不如说，警方也还没确定。因为很微妙啊，没法确定。从现状来看，那只是可疑的溺毙案，你怎么知道有什么关联？"

"因为若非有所关联，千叶县警也不会派刑警来驻在所吧？池田巡查也说是大案子。"

"对不起！"池田又再次行礼。

"不要道歉啦。或者说，不要做出需要道歉的事，好吗？这就先不谈了，我问你，你跑来这里做什么？难不成你是这老小子的监护人？"

"我叫多多良！"多多良不服地说。

"我是那位多多良老师的责任编辑。我从采访地点打电话回编辑部，听到在邻近前两个案子的地点，发现了状况相同的遗体，而且老师和敝社员工是第一发现人，我认为自己或许多少可以提供一些情报，因此火速赶来。"

大体来看，并非谎言。

虽然那并非在采访中得到的情报，其实是因为认识的侦探助手拉她卷入离奇的委托而得知……

"什么情报啦？你敢说是河童放屁什么的，小心我把你抓起来。"

"这个人太霸道了！"多多良说，"警察官是人民的公仆。所谓公仆，是公众的仆人的意思。既然如此，职责应该是保护善良的一般民众才对。我可是一般民众！善良的民众！应该受到保护！没错，我没道理任你侮辱或责骂！"

"你……要是你这种人叫一般善良民众，其他人全都是特殊邪恶民众了！"

"喂，矶部。"屋内传来声音，"怎么，你又跟人吵起来了？听起来简直像在恐吓。差不多得了啊。对民间协助者要以礼相待。"

一名皮肤黝黑的男子从里面探出头来。

"不管任何情况，都不能摆出那种高压的态度。我不是提醒过你吗，小心重蹈津畑的覆辙。那家伙就是因为态度太差，结果被调去内勤，去搞总务了。"

男子缓慢地走出来，向多多良颔首，接着注意到敦子。

"幸会……"

敦子说出几乎相同的内容，告知来意。

"噢，这样。我是千叶县警搜查一课的小山田。"

小山田打开警察手册，出示警徽。

"要是他有所冒犯，我代他道歉。办案期间，很多人会变得脾气火爆。"

"小山田兄倒好了，你自个儿来讯问这家伙看看，任谁都会想开骂的。他只会扯什么河童嘛。"

"他说河童，就向他确认是不是河童啊。而且这不是讯问，是做笔录。如果他说河童是凶手，就说我们会去抓河童。"

"咦？河童哎！"

"管他是猴子还是河童，做坏事的家伙就要抓起来啊。河童的话，不用移交检方就可以直接教训，轻松多了。河童就像动物嘛。那么一抓到河童，就当场开罚。"

"没错！河童经常被活逮受罚！"多多良不可一世地说，"不是被逼写下道歉书，就是被命令抓鱼补偿，或是被迫传授灵药的秘方！"

"都死了人了，这点程度不足以赎罪吧。"

小山田说声"让开"，要矶部起身，搬来应是驻在所巡查的办公桌前的椅子，对敦子说："哎，请坐吧。"

敦子一坐下，同事古谷便从屋内慢慢地走了出来。

"啊……中禅寺，你来了！"

"啊，你，古谷先生，不好意思，你可以继续在里面坐一会儿吗？你订了哪家旅店吗？要不然晚点我开吉普车送你们过去。啊？没订吗？"

"没订啊。"多多良说，"我们本来打算要回去的，所以没订旅店。就是因为你们把我们扣留起来，害我们回不去了。我呢，连校长先生都没见到呢，还跟如此不关心河童的人浪费了这么多时间！对吧？"

多多良向敦子寻求认同。

矶部上身前倾，拍了拍桌子："没人问你河童的事啦！"

"好啦，你去里头冷静一下脑袋。还是到外面去算了。惩治河童的事就交给我，好吧？"

被小山田训斥，矶部嘴里嘀嘀咕咕，经过依旧无所事事地杵在门口的池田巡查身旁走出去了。

"真不好意思啊。"小山田打圆场说。

敦子抢在多多良开口之前递出名片，再次自我介绍。

"噢，古谷先生的同事啊。啊，我从古谷先生那里相当详细地听到发现当时的状况了，所以情况大致上都……啊，这位老师这边……不，还是先请教你好了。呃，中禅寺小姐，对吧？毕竟你专程远道而来。"

小山田斜眼偷瞄了多多良一眼。

多多良撇下两边嘴角，不动如山。

小山田挤出客套的笑，说："老师，你可以到里头和古谷先生一起休息，没关系哦。"也许他从古谷那里听说过该如何应付多多良了。多多良交抱起手臂，说："我在这里就好。"

"噢，这样啊。噢，老师爱待在哪里都可以。那，怎么样呢？听说你有什么情报要提供？"

"是的……"

该从何说起才好？

哥哥说，透露情报时，顺序非常重要。虽然不清楚哥哥这话的真意，但有时敦子也表示认同。益田那种做法，不仅毫无效率，对于某些人，甚至无法正确传达。

"这次发现的尸体，身份已经查出来了吗？"

她决定从这里下手。

小山田搔了搔头，含糊地说："嗯，有可能牵涉犯罪，这一点不太方便透露……"他当然会这么说。

"当然，我并不期待您会告诉我，不过……死者的姓氏是不是龟山、川濑，或姓氏第一个音是 su 或 mu？"

"啊。"

小山田睁圆了眼睛。

他皮肤黝黑，因此眼白特别醒目。

"这……"

"咦？真的是这样吗？"

敦子刻意装出意外的模样。

"嗯……哎，真没办法。被害者……警方正难以决定是要送交司法解剖还是行政解剖，或不送解剖，所以或许不能称为被害者，不过死者名叫龟山智嗣。"

看来仲村屋店员入川芽生的记忆是正确的。并且或许可以说，这下几乎可以确定七年前的坏勾当，与这次的连环溺毙事件互有关联了。

不过，与仿造宝石之间的关联尚不明了。

"已经查到了吗？"

"几乎错不了吧。噢，在回收遗体的时候，找到了驾照。驾照上不是有照片吗？死者的长相蛮有特色的，所以应该是同一个人。除非是用假名考的驾照。"

"也找到随身物品了吗？"

"不，被害者——不对，死者身上绑着钱兜子，里面有钱包和驾照。除此之外……嗯……"

"办案的机密，没关系，不用告诉我。"敦子说，"我手上的情报，包括情报来源在内，都会毫不保留地奉告。不过关于龟山，除了名字以外，我几乎是一无所知。"

"嗯，这一点我们也是一样的。从驾照上看得出来的，就只有现在的住址、生日和出生地而已。不过驾照上没有动手脚的痕迹，应该也没办法动手脚，所以目前只能相信上面的资料。就连这一点，在查证之前，我觉得也必须持保留态度。我们已经向警视厅的该辖区警署请求协助，明天应该就能确定了。应该不会错。"

"既然提到警视厅，这位龟山先生是东京人吗？难道他住在浅草一带？"

"不清楚，我对东京的地理不熟悉，不过呢……御徒町一丁目是在浅草那一带吗？"

若要说的话，应该归在上野，但离浅草也很近。

"噢，那么……"

小山田低头看了一下名片。

"中禅寺小姐吗？中禅寺小姐，你说你在采访期间得到的情报，和这起案子似乎不无关系……是吧？"

"这起案子……是啊，应该说是显示龟山智嗣、广田丰和久保田悠介之间的关联的证词。虽然警方或许已经掌握到了。"

"不不不，"小山田摇头，"警方连久保田和广田的关系都不清楚。"

"这样吗？龟山和久保田在战时是同一个部队……应该是。"

"哦？他们是战友吗？那么广田也是……"

"广田是广岛人，好像被征兵了，但似乎没有离开内地。他好像是因为故乡遭到原子弹轰炸，所以才来了东京。他生前好像住在下谷。"

"噢，好像在做锉刀，对吧？"

"他因为擅长游泳，被称为河童广兄。"

"河童！"

原本一直沉默——或者说似乎处于半梦半醒状态的多多良做出异常敏锐的反应。

"果然是河童吗！那河童就是凶手！"

"不是凶手，是被害者啦，老师。请专心好好听。河童广兄也以相同的状态过世了。"

"露屁股吗？河童露屁股吗？意思是河童被拔掉尻子玉吗？我从来没听说过这样的例子。河童……"

"那是绰号，他是锉刀工人。"敦子说。

"锉刀？太奇怪了，河童大抵上都讨厌金属类的东西耶。咦？难不成那是雁木锉吗？难不成是岸涯小僧！以前我曾被卷入和岸涯小僧有关的事件，吃足了苦头呢！岸涯小僧是以古老类型的河童为原型的妖怪……"

"河童啊？"小山田似笑非笑地说，"那也一起惩治好了。"

"那……这三人之间究竟有什么关系，中禅寺小姐？"

原本小山田面朝多多良而坐，只把上半身转向敦子，这下却把整张椅子都转向了敦子。

"看来事到如今再隐瞒也没意思，我就在不碍事的范围内透露好了。第一个发现的久保田这个人，以前在木更津当渔夫，后来手受伤没法打鱼了，就进了一家远洋渔业公司，负责行政还是总务。他和锉刀工人之间没有关联。"

"久保田生长在浅草松叶町，好像年轻时离家，落脚在千叶。"

"原来是这样吗？"小山田说着身体朝后仰了一下，点了几下头，"他没有居民卡。嗯，中间隔着战争，文件和记录什么的不是烧了就是丢了，相当混乱，应该是离家后就成了渔夫吧。那么，那里有他的亲戚或家人吗？"

"很遗憾，都在战争中过世了。"敦子回答。

"这样啊。那么，这几个人全都住在浅草一带，有地缘关系？"

"不是浅草啦！"多多良扬声说。

"不是吗？"

"听好了，你们知道合羽桥为什么是桥吗？"

不是问"为什么是合羽"，而是问"为什么是桥"？

多多良的这类发言，有时会让敦子有当头棒喝之感。多多良的想法，或者说着眼点总是异于常人。虽然也经常被他的这个特点搞得吃不消。

小山田歪头："呃，我是乡巴佬，连合羽桥是什么都不知道。"

"是桥啊，一座桥。"多多良神气地说，"所谓的桥呢，是为了过河而建的，不是吗？"

"应该是吧。"

小山田似乎对多多良采取看似关心又不关心的敷衍态度。

这名刑警或许格外适合应付多多良这种人。如果完全不关心，多多良应该会自认受辱，铆足劲儿表现；但若是表示关心，又只会让他滔滔不绝地说到天荒地老。

"那就知道了吧？既然有桥，就必定有河。是新堀川。新堀川在大正时代变成暗渠，桥也在昭和八年（一九三三）成了废桥，所以从地面上什么都看不出来了。那里以前是有河的。古时候在河边，有伊予国新谷藩加藤家的大宅，在那里驻守江户的下级藩士都把兼差副业制作的合羽晾在栏杆上。"

"晾河童？是在惩罚河童吗？"

"是雨衣的合羽啦。从前后文就听得出来了吧？对吧？"

发音和重音都一样，敦子觉得很容易混淆。

"所以才叫作合羽桥！"多多良状似愤怒地说。

大部分的人听到这里就会受不了多多良了。

内容姑且不论，会觉得明明没兴趣，为什么要被迫聆听，还莫名其妙挨骂。

但如果不好好听完，就无法了解多多良真正的意思。因此大部分的人都不明白多多良到底想要表达什么，从而误会了这个博学的怪人。

"原来是在说雨衣的合羽啊。"小山田说。

"废话！河童要是晾了，岂不是就变成木乃伊了吗？"

"什、什么？"

"新堀川这条河以前好像是会汇入鸟越川，但那一带是低洼地区，排水不良，每逢雨天都会闹大水，灾情惨重！会发生洪水啊，洪水。所以文化年间，合羽屋喜八借助隅田川的众河童之力，修筑了沟渠。"

"雨衣会帮忙挖沟吗？"

"这边说的是河童啦！"

"噢，这次是河童吗？那，是被惩罚做苦工吗？"

"少在那里胡说八道了！"多多良厉声叱喝，"听清楚了，这些河童是好河童。倒不如说，是工人！"

"原来是人啊？"

"是人。据我推测，这场工程应该并非得到官府动工许可的正式工程。所以才会编造出河童帮忙这样的情节也说不定。河童可不受奉行所的管辖。不过，河童就是工人！"

"原来如此啊。"

"那些不重要。"

多多良自己拉回了正题。看来小山田的策略奏效了。

"隔着那条新堀川，西边是上野，东边是浅草。所以原本呢，曹源寺所在的松叶町一带……"

"很近呢，跟下谷和御徒町。"

"嗯，是很近。"

敦子忍不住浅浅地一笑。

多多良非常博学多识。

但知识与知识连接的方式十分独特。

就是不明白这一点，才会看不出他所要说的整体内容或轮廓，也看不出主旨到底是什么，所以和他对话的人会不知所措。

若是说到一半就打住，就变得莫名其妙了。

确实，要理解他想要表达的内容全貌相当辛苦，不过若是忽略主旨，只捡取作为分子的信息，多多良的博学相当方便。

"所以……呃……"

"是的。"

敦子把从仲村幸江和入川芽生那里听来的内容，依时序整理后告诉小山田。小山田饶有兴趣地聆听，逐一记在记事本上。

仿造宝石的事，敦子暂且按下不表。

益田说的内容之所以听起来会那样从头到尾散乱无章，应该是因为作为整件事开端的那则逸闻，其实应该要放在最后来说才对。

假设一切都环环相扣，那么，对三芳彰的古怪委托，在时序上排在相当后面。与前面仲村屋疑云重重的聚会，以及仿造宝石之间的关联，就只有两边都有久保田悠介这个人参与而已。

后来发生了这次的连环溺毙事件，但这显然是前面聚会的后续。参与神秘聚会的五名成员当中，有三名已经死亡了。

"那么……"

说到这里，小山田的脸色暗了下来。

"那家甜品店……团子铺吗？七年前在那里密谈的五人帮里面，有三人陆续神秘死亡，可以这样看，是吗？"

"也可以这样看，但或许完全无关，也有可能只是巧合。"

"不，如果是巧合，最多就两个人吧。而且还有那个……"

"屁股。"多多良说，"屁股对吧？"

"是啊，那个……"

"这次也是皮带被割断吗？"敦子问。

"你连这都知道？"小山田皱起眉头。

"是认识的私家侦探告诉我的。他应该是从警方那里听来的，所以这好像也不再是只有凶手才知道的事实了。虽然如果我是凶手的话，另当别论。"

"我也不是哦，不是哦。"多多良强调了两次。

小山田搔了搔头：

"哎呀，不晓得是谁把消息走漏出去的，可是这下会变成是我口风不紧了。这下伤脑筋了。噢，这次呢，还没有找到裤子。裤衩也是。搜索要明早才开始。可是嗯，龟山是穿着所谓的鲤口上衣——唔，抬神轿的人会穿的那种上衣，下半身裸露。"

"露出屁股！"

"屁股是露出来了，但是没有裤子。所以嗯，这次也有可能是单纯的溺死，裤子什么的是在途中脱落了……我内心是期待这样的情形啦。啊，不管是意外还是什么，有人死了，却说什么期待，实在不太庄重呢。夷隅川弯曲得厉害，有深有浅，中途还有沙洲，或者合流，障碍物很多。事实上尸体也是……"

"潜水桥。"多多良说，"卡在潜水桥，对吧？如果下雨水位上升，或许就漂过去了，但现在用走的都可以过去，所以绝对会卡住。就停在那里了，对吧？"

"就是说啊。"小山田应道。

虽然语气有些言不由衷。

"被害者的身份，明天应该就可以确定了。因为龟山已婚，太太好像在家里。我们已经打电话给辖区了，如果联系上太太，应该已经上门去拜访了。今天只是打捞遗体安置而已……"

"那个……沼……"

多多良就此沉默。这是常有的事，每次只要忘了专有名词，多多良就会说"沼"。[1]

至于为什么会这样，敦子也不知道。

"沼？什么？"

"那具浮尸。"多多良说，"那浮尸的状态，大概是死了一天左右。打捞的时候我看到了，皮肤还没到脱落的地步，头发也都还长在头皮上。虽然似乎漂流了一段距离，但损伤情况不严重。淹死鬼要是泡水超过两天以上，头发就会全部掉光，皮肤也会脱落。"

多多良对这类事情十分清楚。

1　"沼"指与多多良胜五郎结伴出行的友人沼上莲次的"沼"。据《今昔续百鬼——云》，每当多多良记不起别人的名字，就会下意识地第一个想到身旁的沼上。——编者注

大致上应该是正确的。

"还有呢，他的头顶受到过撞击。因为有伤。虽然不知道是不是死因，但那不是死后才受的伤。"

"这位是医生吗？"小山田问敦子。

"是研究家吧。"敦子应道。

"噢……嗯，死因如果有可疑之处，必须等待解剖结果。如果真的就像这位老师说的，那果然是他杀吗？是遭到殴打吗？"

"我可没打人。"

"不，我不是怀疑老师。"

"问题是，"多多良加重了语气说，"一般会打这种地方吗？"

多多良用食指指了指自己的天灵盖。

"要打一般都会打后脑吧？"

"呃，也不一定吧？"

"可是伤是在头顶哎！而且感觉就像有什么东西从正上方砸下去，或是撞到天花板。就像是偷偷靠近，从正上方丢石头下去。如果是打出来的，就是等人蹲下来的时候，从正上方……"

多多良伸直了每一根短指头，"砰"地拍了一下桌面。

"一般会像这样打人吗？"

"不会吧。"

"才不会呢。如果是趁人蹲下来的时候打，应该会从后面像这样，用什么东西往下劈砍，对吧？这如果是用棒状物体打的，就不是砍下来，而是像捣棍那样垂直捣下去，绝对是的。就是这种感觉的伤。一般会这样打人吗？不会垂直突刺吧？那太不自然了，对吧？"

"是啊。嗯，可是……不，等一下哦。"

矶部、矶部——小山田呼叫同僚。

池田巡查手足无措，惊慌地看看屋内，又看看屋外，接着一脸欲泣、毕恭毕敬地答道："那个，矶部刑警大人不知道去哪里了。"

"不知道去哪里了？真是拿这家伙没办法。"

"你叫他去冷静脑袋，是不是去河里泡水啦？像凉浸西瓜那样。会被河童盯上的。尻子玉会被拔掉的。"

"要是胆敢袭警，我真的会把河童吊起来打哦。噢，就是，我记得广田的头顶也有伤。不过不像致命伤，只是有个像肿包的东西……久保田是漂流了相当久，整个泡烂了，尸体也撞得乱七八糟，损伤严重。"

"嘻嘻嘻。"多多良居然不庄重地笑了起来，"肿包要活着才撞得出来哦。尸体就算打了也只会凹下去。不是凸，是凹。"

虽然很刺耳，但这也是对的。

"哦……就算把人打昏，丢进河里，也一样是杀人。可是这样一来……是怎么回事呢？中禅寺小姐，那些聚会密谈的家伙，总共是五个人吧？剩下的是……川濑，还有一个叫 su 什么或 mu 什么的家伙吗？那个叫川濑的是……"

"完全不清楚。"敦子答道，"姓 su 什么或 mu 什么的人，连姓氏都不确定。川濑也是，不管是名字还是来历都不清楚。"

"可是这样下去，感觉剩下的两个也很有可能遇害哪。嗯，前提是这些都是他杀的话啦。"

"也有可能剩下的两人中的一人，或两人都是凶手。"

"啊，自相残杀，是吧？就算是这样，为什么不是木更津也不是浅草，而是发生在这一带？龟山我不知道，但久保田和广田跟这一带好像半点关系都没有啊。川濑……川濑哦……"

"川濑是吗？"池田巡查保持立正的姿势插嘴说。

"怎样？"

"对不起！"巡查行了个最敬礼。

"呃，我说池田，我什么都还没说啊。我跟矶部不一样，不会大小声，你不用那么紧张啦。有什么话就说吧。"

"是，其实本官是这附近的人……不过也不是大户的人。"

没事，对不起——池田道歉。

"什么？这怎么了？"

"不，只是想想又觉得或许与本案无关。"

"哎，你先讲出来，如果我说无关，你再道歉就好啦。不说怎么会知道呢？搞不好是很重要的线索呢。万一很重要，你却没有说出来，到时候可不是道歉就可以了事的。"

池田"呃"了一声，噘起嘴巴，接着说"应该无关吧"，又吞吐其词。

"叫你说啦。"

"是……以前有个姓川濑的人。"

"在哪里？"

"就在本官长大的村子里。"

"村子在哪里？"

"是，那是一个叫作远内的村子，呃，是叫久我原吗，那个地方……"

池田伸手指去。

"在东总元站的另一边，一直往山那边去，一直过去……啊，这是指方向，是西边。路的话，一样是久我原那里，西北方……"

"听不懂。"

小山田这么说，但多多良却反复说"我知道"。

"你知道？知道在哪儿吗？"

"就这一带，对吧？对吧？"

多多良起身，伸长圆滚滚的身体，指着贴在墙上的地图。

"上面什么都没写啊，老师。我不知道那里是森林还是山丘，但不是村庄吧？"

"可是依刚才的说明，就是这里吧？"

"池田说明得太烂了啦。到底是哪里？好好说清楚。搞得好像老师弄错一样，不是很尴尬吗？那种地方才没有村子呢。"

"是没有。"池田说。

"没有！废村了吗？还是消失了？喂！"

多多良的开关打开了。

"噢，嗯，那算废村吗？本来就不到称得上村庄的规模。山里面有个叫龙王池的池塘……"

"龙王！"

"是。虽然是池塘，但非常深。但不到水潭那么深，也没有沼泽或湖泊那么大。那算池畔吗？深处的池畔有座龙王的祠堂……"

"祠堂！供奉着龙王吗？"

"什么？这个嘛，我不记得供奉着什么了，不，我没有看过里面，但既然有这样的称呼，应该就是吧。"

多多良想要走上前去，被小山田挡住了。

"以那座池塘为中心，稀稀落落有几户人家，以前怎么样我不知道，但在我小时候，就已经有许多空屋，大概只剩下五户左右。本官的老家也在昭和十年（一九三五）迁出去了。后来村民零零星星地离开，在战前就已经……那叫废村吗？就连村子都称不上了。"

"就不能说得更简洁一点吗？你几岁？"

"是，三十二岁。对不起。"

"道什么歉啊？好啦，三十二还是三十五都没关系啦。那你说的川濑是……？"

"是。在本官小时候，村里还有一户我们家的亲戚池田，和一户水口，还有两户川濑。上面的川濑家只有一对老夫妻，下面的川濑有个儿子，比本官大八岁，叫敏男。"

"今年四十是吗？"

"如、如果还活着的话。"

"他怎么了？战死了吗？"

"不，敏男在我们家迁出去以前，就娶了大多喜那里的人，离开远内了。后来过了一段时间，听说他又回到这一带来了。我记得是这样的。出征以前，应该是住在总元做行商。在那之前，应该说还有往来吗？我是没有去过，但他会过来……"

"什么意思？"

"他是行商，所以会过来。"

"他复员回来了吗？"

"是，我没有直接见到他，但家母说他比我复员得更早，所以昭和二十二年（一九四七）的时候是在总元。"

"他现在怎么样了？"小山田有些不耐烦地问，池田说他现在不在了。

"不在了？"

"好像复员以后去了东京。似乎是身边有什么赚钱的机会，但不清楚是什么事。就本官所知，后来他就再也没有回来过。"

"他老婆呢？"

"是，听说在战争中过世了。儿子在开战那一年应该是十二岁左右，也不知怎的，现在一样行踪不明。这件事……没有关系呢。"

非常抱歉——池田再次行礼。

"不好说哪……"小山田抹了抹黝黑的脸。

敦子问："那位川濑敏男是个怎样的人？"

"是，他人很瘦。"

第一个提出来的特征……是这个吗？

小山田板起脸来：

"喂喂喂，池田啊，应该还有别的可以说吧？什么很瘦，战后每个人都瘦巴巴的吧？就连我都消瘦了一些。怎么说，没有什么特征吗？应该有吧？喏，像是看起来个性温和，或是脾气很差。就算要形容外表，也该说有没有痣，或有个大鼻子这类……"

"听说是个瘦排骨。"敦子说。

"什么？"

"团子铺的店员说那个人很瘦。不知道是没有其他特征，还是那就是最大的特征，店员似乎只见过他一两次，因此不太确切，但总之第一印象是很瘦吧。"

"那……"

可是只有瘦哦——小山田说。

"全日本不晓得有几个瘦巴巴的川濑啊。"

"是这样没错……不过赚钱的机会这说法让人有点好奇。听起来不像要去哪里上班或找到差事呢。就算找到什么利润不错的生意……也不会是这种说法吧？"

"是。就本官听到的，东京之行应该是暂时性的。好像没有带儿子一起去。"

"居然把小孩子丢下吗！"多多良说。

"说是小孩子，当时也已经十七八岁了吧。"小山田回道，"还是更大？算起来现在早就成年了吧。"

"如果活着的话。"

"对哦，下落不明啊……"

"是。跟本案无关呢，对……"

"不要道歉，或许有关。虽然总觉得有点巧过头了。"

"如果事件的舞台之所以在这一带，缘由就在那个川濑身上的话，我觉得这就不是凑巧，而是理所当然了。"

小山田低吟起来："要是那样的话……假设、假设这个川濑就是那个川濑，以可能性来说，他不是性命受到威胁，就是他是凶手。"

"凶手！"池田惊呼，"敏男兄是凶手吗！"

"还不知道啦。我好像有点了解矶部的心情了哪。不过啊，中禅寺小姐，这样一来，那些密谈——坏勾当，是吗？内容就让人好奇了。"

没错。

这时再说出三芳的事就行了。

敦子尽可能简短地说出益田告诉她的内容。

"仿造宝石？"

小山田翻记事本，接着推开桌上成沓的纸张，说："那东西跑哪儿去了？"

"在找什么？"

矶部从池田背后探头问。

"还在讯问那老小子吗？晚饭怎么办？"

"混账东西！"

小山田怒吼，结果矶部没事，反而是他前面的池田敬畏地缩起了脖子。

"等一下，池田你不要道歉，我是在吼矶部。喂，你这蠢货，我叫你去冷静脑袋，可没说你可以跑掉。在你摸鱼的时候，案情有了重大进展。我懒得重新跟你说明，你给我过来一起听。喂，那个，尸体腰包里面的东西。"

"什么东西？"

"因为湿了，不是晾起来了吗？驾照还有那个……"

"噢，不是送去胜浦那里了吗？"

"啊，对哦。"小山田说着拍了一下额头。

"怎么了？"

"就是，龟山的腰包里有一张照片。因为必须查证身份什么的，所以跟遗体一起送去胜浦署了。"

"照片上有什么？"

"宝石。"小山田说，"因为是照片，看不出是红宝石还是蓝宝石，而且老实说，就算亲眼看到，我也分辨不出真假……总之是宝石。但宝石这玩意儿，我这辈子没亲眼见过，也没摸过，只觉得是特别漂亮的石头。那宝石装在像盒子的东西……"

"有几颗？"

"数量哦……我看到的是照片嘛……"

"五颗，有五颗。"矶部说，"照片上拍到五颗。然后颜色是一种微妙的透明色，一定是钻石啦。"

"照片哪里看得出颜色？"

"看得出来啊。我呢，不只是枪械，对照相机也颇有心得，会自己拍照，还会自己冲洗呢。中间色不容易辨别，但是不是透明还看得出来吧。但看不出是不是真品。"

——照片吗？

原来如此，照片的话，就极难辨别真假。即使是仿造品，或许也能蒙混过关。那么……

照片上拍到的，会不会是三芳做的仿造宝石？

敦子问照片很旧吗？小山田说照片湿了，看不出来，但对于摄影似乎有着独到见解的矶部说那张相纸是新的。

这样的话……

"据说三芳先生做的仿造宝石……也是五颗，而且好像是钻石。"

小山田交抱起手臂，很为难似的"哎呀呀"了几声。

正中益田的下怀——尽管觉得如此形容并不正确，敦子却在一瞬间有了这种感觉。

这下等于所有的点都**规规矩矩地**排在一条线上了吗？看来有必要联络一下益田。

"不过就算是这样，还是让人难以理解哪。假设七年前发生了某些和宝石有关的犯罪行为⋯⋯嗯，应该是发生了什么事吧，然后⋯⋯背叛吗？私吞吗？不，这里就不懂了哪。是怎么回事？"

"闹内讧吧。"矶部说，"是那个吧，几个人合伙偷走或骗取了财物，结果被其中一人给卷跑了，是这种情节吧？然后其他人不甘心，做了假货想要调包？"

一般会如此推测。

但⋯⋯

"呃，假设真的是这样的情节，抢夺宝石是七年前的事呢。即使其中真有一人私吞了宝石⋯⋯这表示那个人在这七年间一直把宝石藏在某处吧？为什么他不把钻石拿去变现？"

"应该是在等风头过去吧？"矶部说，"赃物其实很难脱手的，随处可见的东西也就罢了，像美术品那些，是世上绝无仅有的嘛。除非拿到国外去卖，否则很容易一下子就被查到了。"

"不会的。"多多良说。

口气比平常更为武断。

"怎么说？"

"你们说的是一般的赃物吧？那可是宝石啊，宝石。"

"宝石又怎样？"

"听清楚了，这个国家直到几年前，都还遭到占领呢，你们知道不知道啊？"

矶部还没发作，小山田便抢答说："知道啊，很清楚。"

"从战败到签订和约这段时间，对吧？"

"就是啊、就是啊。"多多良连声说，"听好了，军部在战败的时候持有大量的物资。因为打了败仗，被迫解除武装，但除了武器以外，军部还有一堆东西啊。因为他们强迫民众交出物资，或把物资当成军用品扣押起来。"

"所以怎样？"

"国家便想了：这些物资呢，得赶在占领军登陆之前赶紧想法子处理才行。他们一定是认为会被 GHQ（驻日盟军总司令部）侵占吧，所以急急忙忙把那些东西都给处理了！"

"所以怎样？"

"还怎样，不光是军方物资而已，还有军方监督管理的民间工厂的产品、原料、兵器以外的设备、衣物、医药品、通信器材、木材，而且我记得连食品都是，内阁决议必须火速飞快地把这些东西处理掉。说要在占领军登陆之前处理掉，可是，从接受《波茨坦公告》到总司令部成立，中间只有两个月的时间呢！"

"这、这样啊。"

"这是后来才知道的。这项紧急处理的决定，短短两星期就被撤销了。被废除了。至于后来怎么样了，也是一笔糊涂账。两星期实在不可能啦。"

时间完全不够！——多多良激动地说。

"他们把没有人清楚掌握什么东西在哪里、有多少的大量物资，分配给相关政府单位和民间生产者，疯狂处理，在短短两星期之内。可是不可能嘛，对吧？"

"嗯，应该不可能吧。"

"这件事是瞒着我们一般平民百姓在做呢。就算不是刻意隐瞒，也没有特别宣传哦。最起码我就没听说。对国民保密，对美国也保密，偷偷摸摸、十万火急地处理。但不可能弄得完。当然也会变得草率。草率到家啊，对吧？"

被征求意见，只有池田一个人差点要点头，但看到两名刑警都默不作声，他点到一半也就打住了。

"哎，我说老师啊，这到底是……"

"所以了！"多多良语气激动地说，"不可能妥善处理啦。当然陷入了大混乱。不可能每个细节都盯到位啊。再说，就连监督的人，也有人偷鸡摸狗，应该也有私吞变卖或暗自藏匿这类事情……不，就是有！政府做事总是这样的。"

"所以……又怎么样？"

"这人怎么这么迟钝？听着，在战时，贵金属也被收缴了，对吧？不管是项链还是戒指，全都给军人拿走了。宝石也是，虽然不晓得要做什么用，但全被没收了！"

"噢，宝石啊……咦？"

"军方有一座宝山啊！然后国家没有把这些东西物归原主，私自处理掉了。说是处理，也就像我刚才说的，是潦草行事、漏洞百出，而且偷鸡摸狗。所以了，现在在市面上流通的宝石，有几成都是隐匿物资。军部把从民间搜刮的贵金属，私下变卖到黑市里去了。"

"噢，所以……？"

"听清楚了，那件事是发生在七年前，对吧？距离战败才两年而已呢。"

"是啊。"

"也就是说，是这些隐匿物资大量私下转手的时期。要是在那样千载难逢的好时机得到宝石，当然会立刻变卖。卖方买方都可以隐秘、迅速地完成交易。留在手边干吗？只要在当时变现，就一点问题都没有了。如果现在才拿出去卖，绝对会被查到的。因为现在隐匿物资的问题引发了关注，连国会都提出来讨论了。风头别说过去了，反而是吹得正紧呢，更容易被抓好吗？说这话的不是白痴是什么？白痴吗？"

矶部要踏出一步，池田拦住了他。

"有可能不是想要钱，而是想要宝石本身啊。也有些人的嗜好是收藏宝石，所以就算再昂贵也不想卖啊。目的是收藏的话，就不一定会卖掉吧。"

"嗯，或许是吧，不过矶部啊，"小山田带着遗憾的语气接着说，"听着，离家后成为渔夫，却失去一只手，连鱼都没法打的男子；在原子弹轰炸中失去一切而去到东京的擅长游泳的锉刀工匠；在附近山中长大，丧妻、带着小孩的行商男子……嗯，龟山和另一个人的背景不清楚，但境遇应该都半斤八两吧？这样的人会收藏宝石吗？每一个都是连下一餐在哪里都不知道吧？如果他们会想要什么东西……就只有钱了吧？"

"我也这么认为。"敦子说，"关于抢走宝石的人，我没有任何情报，因此无法断定，但据说久保田先生虽然失去工作，生活困苦，却对三芳先生说明，他取回宝石不是想要变卖，而是想要物归原主。"

"那是怎样？行善吗？还是……赎罪吗？可是啊，中禅寺小姐，就算宝石真的就像这位老师说的，是……"

"隐匿物资。"

"就算是这玩意儿，那么原主是谁？军部吗？日本已经没有军队了啊，无从归还。难道是要还给国家吗？"

"是还给最早的原主吧？"

"啊，上缴物资的平民吗？可是，知道是谁交出去的东西吗？"

"我想……他们至少知道这些宝石的来历。"

"也就是说，他们知道宝石的来历，才去抢的？"

"当然，这只是我的猜测。"

古谷先生、古谷先生——敦子呼叫同事。

里面的门打开，同事露面了。

"啊，说完了吗？我睡了一觉。那要回去了吗？可以回去了吗？可是这时间有办法回去吗？还有电车吗？"

"还没结束啦。"除了池田以外，几乎所有人都异口同声说。

"古谷先生，你去年采访过接收解除贵金属及钻石相关事件，对吧？我问过总编，总编说是你负责的。"

"什么？"

古谷揉着眼睛走出来。

"呃……啊，对对对，是我采访的。完全不是我的专业，搞得我头大极了。我本来负责合成钻石的化学气相沉积法报道，所以总编叫我顺便去采访，可是两者完全无关，一点都不顺便嘛。"

"这不是重点。"

"怎么不是重点？说穿了，我只是个方便使唤的工具罢了。"

"我从来没这么想，请先听我说吧。那个时候争议最大的，我记得是……"

"噢，对，是皇室的钻石呢。"

"硬质[1]？钻石很硬吗？"

"钻石本来就很硬啦。不是硬质，是皇室啦。"古谷说。

"皇……"

小山田吐出一个字后就这样僵住了。

"在要求民间上缴贵金属时，应该是为了以身作则，宫中赏赐了钻石给军方。由于宫廷贵人率先送出了历史悠久的神品，因此据说民间上缴给军方的贵金属，超出了预期的九倍还是十倍之多。不过其中绝大多数现在都下落不明了，不过……"

"皇室！"

这时小山田总算吐出了憋住的气。

"皇室是那个……"

"没错。据说那些从皇室赏赐的王冠还是勋章取下来的大颗钻石，到现在依然下落不明。唉，官府实在不公平，草民就算吃了亏也只能往肚子里吞，但事关宫廷贵人，就没法这样了吧。"

小山田深深地吸了一口气。他似乎一直屏着呼吸。

"真的是皇室吗？"

"是啊。是又怎么了？"

1 　日文中，"皇室"与"硬质"同音，皆为 koushitsu。

"那些皇室赏赐的钻石有几颗？"

"咦？噢，好像……五颗吧。听说很大颗哦。在当时应该也值数千万日元吧？不知道落到了谁的手上，卖得的钱又怎么样了。"

"数……"

这次轮到多多良哑然失声了。

"数……"

多多良看着敦子，又"数"了一声。

"唉，见都没见过呢。"

"我也没见过啊。"矶部说，"这么一大笔数目的话，任谁都会鬼迷心窍。如果有人计划去抢这种东西，或许我会辞掉警察不干，跑去插一脚。"

"不许瞎扯淡！"小山田喝道，"可不敢这么说，那可是皇家的宝物啊！可是，怎么说，那伙人把……"

"是的。三芳先生说，久保田先生说原本的物主是贵人。"

"是贵人没错，高贵极了。"小山田敬畏地说。

多多良也应说"没错"。

"嗯，现在日本已经没有其他贵人了。政治家可不高贵。不高贵吧？可是陛下的话，只能说是贵人了哪。"

"那、那是怎样，中禅寺小姐？久保田计划要抢回那些宝石，归还给皇室吗？为了这个目的，要他那个叫三芳的儿时朋友做了赝品？"

"这只是想象。"

并非推理，只是想象。

"这么去想的话，许多地方都合理了，但关键是七年前的坏勾当，以及宝石的所在，完全不明，因此实在不能说什么。"

"虽然不能说什么，但这下问题就是……到底是谁独占了宝石吗？"

"虽然……也有久保田先生撒谎的可能性。"

"什么意思？"

"他声称要物归原主，但实际上究竟怎么样？就算要归还，也得通过警方或宫内厅，如此一来，肯定会遭到怀疑，更不用说得到表扬了。即使得到表扬，也没有任何好处吧？还有，他说同伴独占了宝石，或许也是假的。搞不好他只是打算和真品调包，拿去卖掉。假设七年前就已经卖掉了，久保田先生也有可能知道买主是谁。"

"那，问题是钻石现在在谁的手里吗？"

"是的。还有，最重要的是，为什么过去的同伙相继死去。"

"得找到川濑才行呢。"小山田说，"嗯，虽然不清楚池田认识的川濑是否就是那个参与坏勾当的川濑，而且这事教人摸不着头脑，但想想三个人都死在这一带，实在教人无法视而不见。池田啊，那个被丢下的川濑的儿子，就你所知，他后来怎么样了？"

"是！这个呢，战争结束的时候，他似乎在久我原的养鸡场打杂。本官在复员后去找过他一次。据我听到的，敏男兄复员后，曾到养鸡场去谢谢他们照顾儿子，那时候他对儿子说，你很快就不用工作了，到时候就可以去上学了……"

"因为他就快可以大赚一笔了吗？"

"我想是的。记得养鸡场的老爷子说，敏男兄是这样对那孩子说的——那孩子叫香奈男，但敏男兄一直没有回来，后来香奈男也不见了。"

"那是怎样？不见踪影后，一样过了……将近七年吗？这下棘手了哪。"

"更重要的是，应该先请三芳先生看一下龟山所持有的宝石照片吧？听说三芳先生恰好就在广田的尸体被发现那天，去当地的辖区警署说了刚才我所说的内容，那时候警方应该也询问过胜浦署才对，但看来你们完全不清楚这件事。"

"有人来问过吗？"小山田问矶部。矶部语气呆板地说："应该有吧。"

"一定是总务的津畑兄随便打发了吧。那人很讨厌警视厅嘛。"

"你少多嘴。嗯，是啊。可是今天也很晚了哪。中禅寺小姐，今晚你怎么打算？如果要去大多喜一带，我可以开车送你，不过考虑到案情，明天可以请你再过来一趟吗？"

"我们不用吗？"古谷说。

多多良抢着打断说："不行啦，我们还没见到校长先生。再说，没有地方下榻啊。"

"可以在这里过夜。池田，这里起码还有铺盖吧？"

"是，但只有两套。"

"现在是夏天，没关系吧，就睡大通铺吧。而且热得要死。不过，这位小姐可不能这么办哪。"

"啊，对了！"

古谷拍了一下手。

"这么说来，喏，那个跟我们一起发现浮尸的小姐……"

"报警的公所职员南云小姐吗？"池田巡查说。

"那个她的表妹还是外甥女，叫什么来着？"

"吴同学对吧？"

"啊？对，记得是叫吴美由纪。她认识中禅寺小姐，对吧？她是这么说的。"

"吴美由纪？美由纪在这里？"

"对。好像是亲戚——就是那位南云小姐，住在这一带，她暑假过来玩。"

"美由纪是发现人吗？"

敦子完全不知道。

"准确地说，第一发现人是我。"多多良趾高气扬地说。

5

"没品的内容吗？"

稻场麻佑露出颇为奇特的表情来。

唉，这也是没办法的事。

一大清早就有一群古怪的陌生人找上门来，嚷嚷着河童河伯的，任谁都会困惑不已吧，美由纪想。

稻场麻佑是总元当地的小学前任校长的外孙女。因为是外孙女，所以和校长不同姓。年纪应该比淳子大一些。

"就算你说没品……"

"不，不一定要没品。我的意思是，没品也没关系。"

"就算你说没关系……"

"所以说，"多多良加重了语气说，"我并不是在研究没品的东西，而是说我的研究对象里面，也包括了没品的部分！"

多多良照例横冲直撞。

如果不是守在斜后方的中禅寺敦子不停地客气微笑、颔首行礼，一般人不是已经被吓跑，就是动怒或害怕吧。

说到底，如果不是淳子介绍，肯定早就吃闭门羹了。

昨晚。

驻在所巡查领着敦子到南云家来，美由纪惊讶到差点腿软了。

听说事情原委后，她再吃了一惊。见敦子似乎没有安排住宿，因此美由纪请她留宿南云家。

在这方面，乡下人很热情。虽然应该也有些地区不欢迎外地人，而且如果说每个家庭不同，那也就无话可说了。尽管觉得把乡下地方一概而论不太妥当，但至少美由纪身边的人，都不会排斥突然到来的访客。像阿姨就特别大方。

敦子似乎非常不好意思，但姨丈和阿姨都非常欢迎。

虽然已经用过晚饭了，但一得知敦子尚未用餐，再次将各种菜肴端上餐桌，结果美由纪陪着吃了第二顿晚饭。姨丈主张吃饭就是要人多才好吃，这番论调虽然也不是不能理解，但热情到这种地步，也有点像强加于人，淳子也苦笑不已。敦子当然没有表现出来，但美由纪担忧她或许对这场面有些受不了，所以一起陪着吃了第二顿晚饭。

虽然肚子早就饱了。

两人在同一个房间铺好被褥并排而睡。

睡前她觉得早饭一定吃不下了，但起来以后，肚子还是像平常那样饿了。

就是这样，才会愈长愈高吗？美由纪有些沮丧。

县警的人说希望今天一早再次向美由纪和淳子询问详情，但她们不知道一早到底是指几点，而且淳子即使要去，也得先去公所一趟，说明情况，因此美由纪先等到八点，然后和敦子一同前往驻在所。

驻在所没看到县警的人，但多多良和古谷在那里。古谷整个人憔悴疲惫。一问之下，原来是被多多良整理背包的窸窸窣窣声吵得整晚失眠。而多多良自己则是一整理好就坠入梦乡了。

巡查为了没有指定时间而道歉。他说县警的刑警昨晚回了胜浦署，现在正在前来这里的路上。不过根据敦子说的来看，那并非单纯的溺毙，似乎已经演变成相当复杂的案件，应该要开会、办各种手续等，有许多事要处理吧。

古谷看到敦子，似乎放下心来，立刻说要回去。看来多多良和古谷昨晚被盘问了相当久，已经可以离开了。

但多多良却说他不要回去。坚持不走。

他说在向前校长打听河童以前，无论如何都不回去。这个大叔虽然不讨人厌，却很教人头大。

感觉刑警还要有一段时间才会到，这段时间赖在驻在所也没用。淳子不在，先去一趟南云家再过来感觉也很怪，而且多多良感觉也不可能放弃。

因此众人商议等晚点过来的淳子到了以后，先带多多良去前校长家。美由纪与这件事虽然毫无关系，但也不想一个人留下，便说要一同前往。

一行人如此议定之后，古谷立刻小跑着去东总元站乘车了。巡查好心地说"再怎么急，电车也不会刚好到站啊"，但这话似乎没能传进古谷耳中。他应该是连一刻都不愿再继续待下去了。

古谷一走，淳子就到了。

如此这般，美由纪来到了那名小学前任校长的家。

然而……

据说校长本人染上夏季风寒，病情恶化，无法起身，所以是前来照顾病人的外孙女麻佑出来和他们应酬。校长是一个人独居。

"我想要听河童的事。"多多良热烈地说，"河童拖马入水、害人溺水、摸人屁股、诱奸妇女这些……嗯，大概有一半会是没品的内容！"

"呃……"

"看你这么年轻，又是妇道人家，我是担心你对着陌生人，不好启齿说这些没品的事，所以才会事先声明没品也没关系。没关系的，不管你说什么，我都不会怀疑你品性下流，所以把你知道的都告诉我吧！"

"我不知道。"

"咦？"

"我不知道啊。你问我河童的事，可是我又不是大户的人，是三又的人，所以没怎么听说过。我不知道。"

"你不知道河童？"

"我知道河童。"麻佑说，"喏，就是电视上放的那个……叫什么来着，《河童川太郎》吗？我们家没有电视，所以我只看过几次，不过就像那种连环画剧里面的东西。"

"是电视连续漫画呢。"敦子说，"清水昆原作。"

"那是什么？"多多良眼睛瞪得浑圆，斜睨着敦子说，"我没听说过。电视在播放那种东西吗？"

"不清楚，现在还有吗？记得以前每天都播。很受欢迎，周刊也有同一个作者画的漫画《河童天国》在连载，应该还没有完结。"

"咦？那是什么？有盘子吗？有甲壳吗？有毛吗？什么颜色？"

"那是电视，所以没有颜色。杂志也是单色的。好像有盘子也有甲壳，但体表感觉是光滑的。"

就是这个。美由纪所知道的河童就是这种模样。美由纪应该也是在哪里看过这个作品吧。虽然依然不清楚为何会认为河童是绿色的。

"真伤脑筋哪。"多多良说，"这种创作要是传遍全国，会有许多东西被淘汰掉，像各地的特色那些。那是全国播放吗？"

"电视信号塔的建设和电视机普及到什么程度，确切的情况我并不清楚，因此无法回答，但只要收得到电视信号，然后又有电视机，任何地方都能看到吧？"

"时间更紧迫了。"多多良一脸苦涩。

"什么意思？"

美由纪从旁插嘴问，结果多多良说"因为太快了啊"，更让人莫名其妙了。

"各地方的传说正以惊人的速度在消失。街市也是，在战争中被摧毁，在复兴时开发，整个改头换面了，不是吗？祠堂、石头和树木也都在消失。习俗也是。文化会消失不见。再加上这种东西传遍大街小巷的话，不就被覆盖了吗！"

"覆盖？"

"就是啊。已经变得稀薄、几乎要消失的东西，再被涂得一片漆黑的话，底下原本画的东西就完全看不见了。就是这样吧？不仅如此，后世的人还会以为从一开始就是这样的。也就是说，连过去都会被改写！听好了，文化这种东西，被遗忘就等于被杀死。如果没有人记住，或是记录下来，就会死掉的！"

多多良从鼻子喷出气来。

"真是对不起。"麻佑低头赔罪。

虽然美由纪觉得她一点过错都没有。

"现在正值河童热潮嘛。"敦子说，"大概从去年开始，大街小巷便充斥着河童的图像。酒吧的火柴盒、零食包装袋上也画着河童。不可否认，这些图像发挥了比传说更强大的影响力。传承的人少了，更重要的是……有形的事物威力强大。"

美由纪本来想问那些图里的河童是绿色的吗，终究打消了念头。

"是啊，听到河童，我也觉得就是那样的东西……对，我想夷隅川应该也有河童的故事。"麻佑说。

"有吗！"多多良紧咬上去。

"不是这一带。我是听说过，但传说流传的地区是更接近河口的地方。"

"河口？"

"应该是夷隅那里的传说。夷隅川像蛇一样蜿蜒，流向东边的夷隅，所以才会叫作夷隅川吧，夷隅有个叫宫前的地方，有一座叫六所神社的神社。"

"有。"多多良说，"六所宫全国各地都有，房总应该也有几处。我记得大多喜这附近也有。夷隅那里也有，是吗？这种时候，要是中禅寺在就方便多了。"

多多良说的应该是敦子的哥哥吧。

"一宫和总社的话，我全部记得。所以馆山和市川的六所神社我知道，但附近的六所宫的话，我只知道那一处，因为那里是安房国和下总国的总社！那，夷隅那里也……"

"噢……太难的事我不懂，好像说那里的神社的宫司救了被人抓来展示的河童，河童为了报答，保护当地人免于溺水……好像在附近的水潭住下来了吧。然后……怎样来着？好像是在救人的时候在石头上滑了一跤，落水漂走溺死了。我想想，好像有叫作滑溜溜之类的石头……细节我不记得了。"

多多良歪头："应该过去看看吗……?"

"请改天再去吧。"敦子立刻说。

麻佑食指抵着下巴说："这传说我大概是去年听嫁去宫前的朋友说的……那时候我听着，脑中浮现的也是电视漫画里的那种河童。大概是……"

"滑溜溜的?"

"对，在我的脑中，滑了一跤的河童长得就像河童川太郎那样。虽然或许其实不是长那样。"

"应该不是。"多多良说，"你被污染了。"

"咦!"麻佑惊呼，按住了头。

"请不要放在心上。"敦子马上说，"老师，不可以说什么污染。"

"不行哦?"

"又不是细菌什么的。而且要是这么说，每个人都被污染了。况且如果这叫作污染，那以前的河童形象也是某种污染啊。"

"或许是吧，可是那是花上漫长的岁月，由该地的文化孕育出来的形象啊。是民意，才不是单独个人的创作呢。"

"或许是吧，但就算有民意、是当地的文化孕育出来的，肯定依然是某人创作出来的东西。确实，被视为河童作怪的现象本身应该实际存在，但关键的河童本身……是**不存在**的。"

果然如此，美由纪心想。淳子和麻佑也点着头。多多良满脸不服气："有人目击到!"

"或许有人目击到，但把那些现象当成河童所引起的，是看到的人的解释。"

"是啊。"

"而那种解释，也是受到当地流传的某些传说的影响吧？看到的人，只能把自己所看到的当成信息传达给别人。没有亲眼看到的人，就只能从听到的再去想象吧？"

"是这样没错啦。"

"想象的时候也是，没有明确而且严格的规范。就算听到河童有盘子，那究竟是什么模样，也只能各凭想象。事实上，我也不知道河童的盘子究竟是怎么回事。只是头顶凹下去而已吗？还是平的？难道还有盖子吗……？"

"盖子！"

如果有盖子，水就不会泼出来了……或许。

"不管信息再怎么丰富，既然无法出示实物，无可避免地也就只能各自想象。这一定会随着时代日渐变质，也会加上新的信息。如果新添加的信息更让人印象深刻、更具说服力，应该就能得到支持，形象也会被改写、更新。这能叫作污染吗？"

"呃，虽然是这样……"

"图像的力量是很强大的。"敦子说，"与其用语言描述，出示图像更直观明了。事实上，现在的漫画里的河童外貌，也是受到江户时期的河童画像的影响。"

"确实是这样呢。"多多良说。

"就是这样。认定只要是旧的就是对的，旧的才是原创，特别是在妖怪这领域，我认为并不正确。若要这么说的话，各个地方当地独有的特色，应该……也是后来才加上去的吧？"

"咦？"

"最原始的河童，形象有那么多彩多姿吗？我倒不这么认为。"

"应该有个原型吧？"

"那样的话，各地流传的类似河童的各种生物，就等于是受到地方文化的污染了吧？但不能这么说吧？"

"是不能这么说。"多多良坦率地表示同意。

"调查这些特色是如何形成的，借此爬梳文化之间的差异及独特文化的形成，就是老师的工作，对吧？既然如此……"

"没错啦没错啦。"多多良说了两次，整个身体往旁边斜倾，"对，是这样没错……可是这变化速度太快啦。那些地方色彩，是经年累月酝酿出来的。即使每个时代都会得到更新，那也是一种累积吧？不是五年十年就整个改头换面的。是百年千年这样的漫长岁月累积的结果。江户、明治、大正，一直到这几个时代都是连续的，直到不久前，各地方的特色都还保留着，对吧？"

"那应该是流通机制的问题吧？"敦子说，"比方说，在明治时期以前，像绘草纸那些，就没办法传播到全国各个角落。而且印刷数量是天差地远。即使传遍各地，能拿到的人也有限，不是吗？"

"确实如此。"多多良说，"就算传到地方上，也得花不少时间。"

"是啊。而且城市姑且不论，过去在乡下地方，尤其是被称为民众的阶层，阅读这些东西，算是一般的行为吗？识字率一定很低，而且虽然应该是有影响，但想想它的渗透速度……"

"很慢呢。"

"所以我才说需要时间，我就是这个意思。但现在不同。不管是报纸还是杂志，一模一样的东西在全国各地，几乎相隔不到几天就上市了；至于电视，更是只要有电视机，就可以在全日本同时收看。"

"所以才教人伤脑筋啊。"

"会吗？看到公共电视播出说这就是河童的画像，有多少人能满怀自信，断定说这跟我们故乡的某某不一样？即使有，这些人应该也会把它们当成不一样的东西吧？而且各个地方连称呼都不同。所以……那叫什么来着？咻嘶欤（hyōsue）吗？只会把咻嘶欤和河童当成不一样的两种东西吧？"

和同学说的名称很像，不过美由纪已经想不起来同学说的到底叫什么了。

咻什么的是九州岛的吗？东北的是……

"Me、medo……"

"Medochi 吗？"多多良接话。

"就是那个。或许有点不一样，不过我岩手的朋友说的就是那个。"

"那是河童吗？"敦子问。

"嗯，听起来像又不像……"

"应该是吧。如果漫画里的河童渗透到全国，不管是 medochi 还是 suiko，都会被理解为和河童不一样的东西，不然就是类似河童的东西，或是河童的别称。因为名称不同，脾气也不同。但也有些地区本来就称为河童。这种地方的话，现在已经……变成漫画中那种模样了吧。"敦子说。

"已经太迟了吗?"

"要说迟,应该是迟了,但正因为如此,老师才会像这样东奔西走,不是吗?"

"是啊。"

"我也是因为支持老师的理念,才会邀请老师进行连载,并像这样陪同老师采访。老师,'河童'我记得是以关东圈为中心的称呼,对吧?"

"嗯,是啊。"

"那么,是不是可以推测,这一带并没有特征足以凌驾于漫画里的河童形象上的河童传说?"

"嗯……"多多良交抱起手臂,"这里没有河童的传说吗?"

"不是没有,应该是……这一带并没有差异大到能够和漫画里的河童互别苗头,驳斥漫画说'河童才不是这样'的河童传说。"

"嗯,或许吧。"多多良说。

"当然,我说的是外表那些,至于事迹、习性等,或许又不一样了,但这些细微的差异,即使外表就和漫画一样,也能保存下来吧?"

"对呀,说的是。"多多良说,"就算是这样……连一点传说都没有吗?"

多多良以有些微弱的声调问麻佑。

"传说的话,这一带……是啊,我想顶多就只有日莲上人的传说吧。鸭川和胜浦就在附近,不是吗?"

"小凑、鲷浦!"多多良大叫,"日莲上人的诞生地!"

"是的，所以有寺院流传着古老的经文之类的。"

"是、是亲笔吗？"多多良兴奋地问，但淳子回答道："不是日莲上人写的经文。"

"村子里的寺院流传的文物，是室町至江户初期的几幅须曼陀罗。山中乡八村——简而言之就是总元村，好像自古便皈依日莲宗，嗯，是文化遗产。"

"那也是很贵重的东西。"多多良说。

"然后……是什么来着？请等一下，我去问问外公。他人醒着，只是咳得很厉害，万一过给客人就不好了……"

"真不好意思。"敦子和淳子行礼。

美由纪也慌忙行礼，但多多良不动如山。

麻佑很快就回来了。

"爷爷说是龙或是蛇。"

"什么？"

"噢，爷爷说这一带的水的……那叫什么呢？说提到像河童的东西，就是蛇或者龙。"

"龙、龙吗？"

"嗯。说池塘的主人泰半都是大蛇精，而且蛇好像会迷骗妇女，让她们产子。"

"产子！"

"是的。还有……什么来着？这个我是不太懂，不过说什么一个人在八叠大的和室睡觉，就会变成蛇……"

如果真是如此，美由纪现在已经是蛇了。

因为南云家的客房就是八叠大。

"变成蛇吗？"

"对，听说是蛇。然后说如果当成水神来看的话，就是龙。"

"这一带……山中乡八村的总社，我记得是贵船神社？不是吗？"

"是贵船神社没错。"淳子应道，"村社有八座，不过总社是堀之内山上的贵船神社。"

"那里呢？"

只问"那里呢"，也听不懂是要问什么吧？美由纪这么想，但淳子却满不在乎地应答。她居然听得懂。

是习惯多多良这个人了吗？

"创立起源不详。传说是在安房里见氏统治的时代兴建的，但文献上找不到记载，因此不清楚真假。有许多附近从事渔业的人去参拜，所以是水神。"

"贵船神社的话，供奉的是高龗神。高龗神是伊邪那岐神杀掉迦具土神时诞生的三神之一，是水神哦，水神。龗这个字，是龙的古字。"

"噢……"

"是龙，对吧？"多多良说。

"嗯，在这个贵船神社，俗信认为……"

"俗信！"多多良大叫。

这位研究家似乎会对某些词语起反应，并有重复该词语的习惯。

"……在堀之内一带的夷隅川河畔，有个叫舟付的地方。这个舟付的地名，由来据说是因为贵船神社的御神体漂流到那里。"

"漂流？那是从哪里漂流出来的？"

"据说是这里。"淳子说。

"这里？这一带吗？"

"传说好像是从大户漂流过去的。这里是上游，所以说是在下暴雨的时候冲下去的。"

"这里的哪里？"

"不清楚耶。"淳子歪头说，"有个地名叫贵船面……村子里有好几座神社，不过大户的神社，就只有河伯神社而已。"

"河、河伯！啊，就是那里吗？"

多多良似乎只是对河伯这个词起了反应。好像忘了昨天才刚去过。

"那是河童神社吗？"麻佑问。

"河童？不是河伯吗？"

"我从小就叫那里河童神社。原来不是河童吗？"

"那里供奉着河童吗？"淳子转向美由纪问。

这也是美由纪想问的。

"叫河童就好了吧？"敦子说。

"怎么说？"

"因为……嗯，这种事不是可以随便决定的，总是只能凭推测，不过 kappa 这个音，不一定只能写成'河童'二字吧？'河童'二字读成 kappa，是从什么时候开始的？"

"很古老哦。"多多良说。

"不过看江户时代的文献，随处可见一些汉字是'河伯'，但标音一样是'kappa'。或是写成'河童'，标音却是'kawawarawa'。

不一定'河童'就百分之百等于'kappa'，对吧？"

"是这样没错啦。"

"我觉得在民俗社会中说到kappa，是一个只有音的词语，并非以汉字记载为前提。其他的称呼也并非全部都以汉字来表示，对吧？像咻嘶欸、medochi那些。"

"是啊，也有识字率的问题嘛。"

"现在只有kappa多半用汉字来记载，但如果kappa本来也只有音的话呢？那样的话，也是后世的人给它安上汉字的吧？"

"也不尽然如此哦。"多多良说道，"也有些情况是先有汉字……或者说是可以用汉字来表示的名称。咻嘶欸也是，这有可能意指'兵主部'，medochi还有mintsuchi，我认为也都是mizuchi的讹音。那样的话，就是'水灵'（mizuchi）啰。"

"就算是这样，也不会用汉字去写medochi的，老师。"

"不会……哦？"

"Kappa也是吧？比方说，不管是kawappa还是kawawarawa，如果要写成汉字，都会变成'河童'吧。喏，老师不是也主张goura、gouraboshi其实不是来自'甲壳'一词，而是来自朝鲜语吗？"

"对啊，是这样没错啦……"

"那么，我觉得只因为河伯神这样的字面，就直接与中国的河伯神信仰相联结，未免失之武断。再说，道教中的河伯，与民间信仰中的河伯，都没有明确相呼应的对象吧？只说是黄河的水神而已，不管是外形还是来历，都相当零乱。"

"敦子小姐好清楚哦。"美由纪说道，敦子回应说自己做了一番预习。

敦子就是这样的人。

多多良的表情突然变得迫切万分：

"那，河伯神社烧掉的、御神体是龙形的女神像，也不是来自黄河的河伯吗？只是刚好？咦？是和河伯无关的、单纯的龙？嗯，那是女神，所以不会是河伯本身，但两者没有关系吗？"

"我说的只是可能性而已，当然或许有关，但不用勉强扯上关系，应该也有办法理解吧？"

"你是说，理解成单纯只是写法的问题？有可能写成'河伯'，但读成kappa？还是相反？用'河伯'二字来表示kappa这样的称呼？不，可是如果是kappa的话，应该会写成'河童'吧？"

"是吗？"

"不，也不一定呢……嗯，嗯，也是有这么读的例子，那供的神不是河伯神，而是河童吗？或许是这样，不过……"

"不是有一部芥川龙之介写的小说《河童》吗？"敦子唐突地说。

"有啊，光是书名就让我大为感动，所以我读得很开心，不过那是文学作品吧？是社会批判，或者说讽刺，通过狂人的眼睛，对人类社会做出猛烈的批判，是这类作品，跟传说或信仰无关吧？"

"是的。可是老师记得副标题是'请读作Kappa'吗？"

"咦？有吗？嗯，是有罗马字在里面呢。作品里面也用了许多英文。我是不记得了啦。不过那是对作品发表时表达自由的管控日趋严格的抗议，或是对时局的讽刺吧？"

"我也觉得是这样，不过，也有可能是一般人不知道要如何发音。"

"不知道什么的发音？河童的发音吗？"

"那篇作品是在昭和二年（一九二七）发表的，当时'河童'读作'kappa'是理所当然的吗？我对此存疑。如果依照普通的音读，会是'kadou'或是'koudou'。若是训读，就是'kawawarabe'。当然，从江户时代开始，'kappa'汉字就写成'河童'，对于知道的人来说，这是天经地义的读音，但也有不少文献是写成'河伯'。"

"但从字义来看，比起'伯'，'童'更接近吧？"

"那么'河'呢？为什么不是'川'字，而选了'河'字？从字义来看，河是大川，对吧？找不到非使用'河'字不可的理由。因此撇开本义和语源，不管怎么样，作为民俗词汇来看……都是假借字对吧？"

"嗯，是啦。"

"河伯神社是何时创建的？"

"元禄十三年（一七〇〇）。所以总社的贵船神社应该要古老得多了。不过这位小姐刚才说贵船的御神体是从大户这里漂流过去的……咦？所以这是怎么回事？"

"我是不清楚，不过大户这里从更古老的时候就供奉着龙还是什么，至于御神体是否真的因为某种灾害而漂流到堀之内，或是某种隐喻，或完全只是民间传说，这一点就不得而知了。不过，假设这里的神社是元禄时代建造的……这一点没错吧？"

“没理由质疑啊。”

“这样的话，在那个时代，‘kappa’一词实在不可能一定都写成‘河童’。”

“写法会变动，没有一定的准则。会在漫长的时间里，逐渐淘汰或统一。”

“这样的话，时代愈古老，变动就愈大吧？”

“没错。也有写成‘河童子’或‘河子’，标音读作‘kappa’的例子。学者把《本草纲目》中的怪兽‘封’认定为日本的gawataro[1]的同类，所以或许也把它读成了kappa。当然也有写成河伯的，或许河伯还比较多。印象中，‘河童’这样的写法，是在文化文政时期固定下来的，但黄表纸之类的读物里，有时候还是写平假名。这样的话……咦？元禄十三年吗？是一七〇〇年呢。那个时代的话，单纯祭祀kappa的时候，用‘河伯’的写法也是……咦？不。可是啊，不，这样啊……”

多多良在一连串自问自答的过程中陷入混乱，最后说了句“就是呢”。

“当作假借字来看的话，并没有什么不自然呢。”

“是的。当然，也不是说就一定和黄河的水神无关……”

“假借字？啊，对啊。Medochi和mintsuchi的由来‘水灵’（mizuchi），如果当成蛟（mizuchi）来解释的话，几乎就是龙了！虽然并不完全等同，但蛟是大蛇或龙那一类。Mizuchi（蛟）的chi，也有说法认为是orochi（大蛇）的chi。蛟是有脚的蛇，

---

1 原文为ガワタロ，汉字或可写成“河太郎”。

有时候也有角，蛟龙的话，和龙非常接近啊！"

"河童不是会把尻子玉献给龙神吗？"

忘了什么时候，美由纪这么听说过。

多多良"啊"了一声：

"对、就是这样！房总的太平洋沿岸地区，有信仰龙宫和龙神的地方！是作为海神的龙。对了，胜浦不是也供奉着龙宫神吗？进到山里以后，龙也经常被替换成蛇。不管怎么样，将其视为水神的话，供奉河童的神社，即使御神体是龙……"

也不算多奇怪吗？——多多良说。

"河伯神社的河伯，或许可以直接当成河童来看呢！即使御神体是龙像，在想到黄河的河伯神以前，不管是龗还是蛟，还有许多应该要考虑的可能呢。河、河童真是博大精深啊！"

多多良大大地吁了一口气。

不管再怎么客气地看，这都不是应该在初次见面的人家里一大早就侃侃而谈的内容。麻佑似乎有些傻了，有点无力地说：

"爷爷说，蛇作为水神的时候是龙，在拔掉小孩子或动物的尻子玉，或者让其溺水，在做这些坏事的时候，应该是河童。"

"这样吗？也就是说，可以认为，这一带与其说是没什么河童传说，更有可能是河童的属性转移到蛇或龙的身上了吗？"

多多良激动地说着，敦子劝告他"不能鲁莽地下定论"，但多多良完全刹不住车了。

"那、那龙呢？除了贵船神社以外，没有供奉龙的地方吗？有没有御神体是龙的祠堂或神社……"

"没有。"淳子当场回答，"那时候我还没有到公所上班，不过我在公所调查过这件事。就是，战败后社格制度废止了，神社统一归由神社本厅管辖，对吧？好像是那时候调查的。明治的神社更新后，改为一村一社，因此这里的总社是贵船神社，村社因为有八个村，所以是八社。无格的神社有二十四社，其中七社在明治末期合祀，因此剩下十七社。关于河伯神社，没有记载供奉的神，但也没有其他供奉龙神的神社。"

"你记得好清楚。"多多良赞许说。

"其实……因为就要进行町村合并了，为了以后编撰村史，公所重新整理了这些资料。"

"合并？"

"总元村要消失了。"淳子说，"就在今年十月。所以只剩下两个月。老川村和西畑村，还有这一带全部合并在一起，变成大多喜町。这一带会变成夷隅郡大多喜町大户，不再是总元村了。总元这个名称会就此消失。"

"哎呀……"

"可是，在町村制实施以前，本来有八个村，所以本来就没有叫总元的村子，现在也是，感觉上大户还是大户，三又还是三又，所以没什么感觉……但公所会被裁撤呢。"

"表姐要失业了吗？"美由纪问。

淳子说："也不是，不过我在思考这件事。可能会移去大多喜的町公所，但人会太多。就算要去那里上班，路途也很远，我在考虑要不要趁机换工作。"

"我觉得有点失落。"麻佑说，"小学的名字，好像还是会继续叫总元……但外公也是因为这样觉得沮丧，才染上风寒。"

"毕竟校长为总元村奉献了这么多年嘛，一定会觉得很不甘心吧。老人家没有一个是乐观其成的。但事情已成定局了。所以……我想是没有供奉龙的神社。"

"有的。"麻佑忽然出声说，"有啊，淳子小姐。"

"不，没有吧？"

"一定是漏查了。那座明治时代的，嗒，从公所后面上去的山里面。"

"什么？那种地方没有人家啊？"淳子说。

"以前有啊……我记得。"

"那是叫远内的地方吗？"

敦子这么问，麻佑非常惊讶："你居然知道。"淳子呆了，问那里是哪里。

"我是听驻在所巡查说的。"

"驻在所……池田巡查吗？"

"啊，池田巡查是远内人吗？"

"淳子小姐不知道吗？"麻佑问，"我记得大概十年以前就已经没有人住了。我上小学的时候，山上还有村落哦。也有同学从那里过来上学。"

"消失的村落？我不晓得。"

"好像有路通到久我原那里，但因为会变成绕远路，所以以前有同学是穿过没有路的山林下来上学。是很惊人的山中村落。我听说那里有龙神的祠堂。"

"啊！"

多多良惊呼。这人很爱怪叫。

"昨天的，那个龙王池！说有池塘还是水潭……"

"请等一下。"敦子说，"昨天池田巡查说，那个村落从昭和十年（一九三五）以后……开战以前就已经没有住人了。听起来也没有小孩子。不过说到昭和十年，是十九年以前了呢。可是稻场小姐，你刚才说十年前，是吧？是战争的时候吗？"

"是啊，应该是……昭和十九年（一九四四）左右吧。我是在昭和十四年（一九三九）进小学的。我同学川濑……"

"川濑？"

"对对对，川濑香奈男。他大概一直到五年级，都是从山上下来上学。"

"好奇怪呢，老师。"敦子对多多良说。

"哪里奇怪？"

"因为根据池田巡查的说法，川濑先生不是在池田巡查一家搬离聚落的昭和十年以前，就娶了大多喜的人，搬出那里了吗？"

多多良一脸呆滞。美由纪觉得，当时他应该没有认真在听。他对这类事情不感兴趣。敦子接着说：

"这样的话，虽然不清楚准确的年代，但至少昭和九年（一九三四）的时候，川濑先生就已经不在远内了吧？川濑先生好像以总元村为据点，四处行商，所以或许住在村子里，他的孩子去上总元的小学，这本身也不奇怪，但远内当时应该已经无人居住了。然而怎么会从远内去上学呢？儿子香奈男和麻佑小姐年纪相仿，这一点是符合计算……"

"是回去了吧。"多多良说。

"回去……"

"比如说，有可能是川濑先生被征兵，太太和小孩搬回村落了吧。咦？那时候还没开战吗？"

"是这样吗……"麻佑一脸不解。

"那不重要啦。"多多良若无其事地说，"重点是龙王池的祠堂啦。那里供奉着什么？哎！"

"嗯，是啊……"敦子满脸为难，敷衍多多良之后，转向麻佑问，"那位香奈男先生后来怎么样了？"

"怎么样了呢……呃，这真的是很久以前的事了，其实我去过远内一次哦。"

"你去了！看到了吗?!"

多多良上身往前倾。

麻佑被吓得往后退。

"也没看到什么……不过有池塘。也算不上池塘，算泉水吗？然后有像田地的地方……"

"祠、祠堂呢？"

"不晓得耶。应该有。"

"怎样的祠堂？龙神呢？"

"祠堂我没有亲眼看到，只是后来听说而已。其实远内那个地方，在以前……那叫什么呢？好像是不可以进去的地方。听说在明治以前都受到孤立。外公是个思想进步的人，说那种歧视观念是过时的陋习，斥为无稽之谈，而且实际上在我小时候，感觉就已经没有那类歧视了。"

如果已经没有人住了，也无从歧视吧？

"可是，我说我去了那里，我外曾祖母就大发雷霆，说什么除了干旱去祈水以外，那里连靠近都不行。"

"是指祈雨吗？"

"我外曾祖母说会砍下马头，丢进池子里。"

"马头！其他地方也有这种习俗哟！"

多多良格外兴奋，身子用力往前挤。美由纪也觉得他的专情或者说专注力，颇值得效法。

"然、然后呢？"

"我不清楚详情。"麻佑说。

"那位老奶奶在哪里？"

"外曾祖母很早以前就过世了。不过，她知道我去了那个叫远内的村落，当场就气得面红耳赤，暴跳如雷……要不是外公替我求情，我真不晓得会有什么下场。所以那里算是禁地吗？或许整个村落都受到歧视。"

"这是不对的。"多多良说，"虽然是不对的，但另一方面，在过去的习俗文化中并不罕见。那里的由、由来还是……"

"不知道耶。"麻佑蹙起眉头，"我真的不清楚详情，不过外曾祖母说，以前……我不知道是多久以前，总之很久以前，有一群人不晓得从哪里流浪而来，或是逃到这里来，在那里住了下来，本来是……好像跟猴子有关。是耍猴的还是……记得那时候我心想耍猴的和龙神应该八竿子打不着吧。"

"猴！"

多多良只喊了这么一个字，便转向敦子和美由纪，又说了一次："猴子耶！"

"猴子和马密不可分。为马厩被除不祥，是耍猴人的职责。

然后猴子又被替换成河童。所以河童也会牵马。马是献给水神的供品，所以才会被当成祈雨的祭品，对吧？"

就算寻求她们的意见，也教人无从响应。

看到有人先激动起来，其他人就容易变得冷漠。美由纪觉得多多良的小鼻子里不停地喷出来的气更好玩。

"我只知道这么多了。"

麻佑这么说，但多多良说是大丰收。

"可、可以去那里吗？"

"嗯，去是可以去，但应该已经没有人住在那里了，房屋也不晓得怎么样了……"

"比起被重建开发，弃置在那里更要好上千百倍！风化速度很缓慢的！我们走吧！"多多良说。

"不，我们得去驻在所啊。"淳子说，多多良格外刺耳地"咦！"了一声。

"已经跟人家说好了。"

"我一个人可以去。只要有目的地，甚至不需要道路。我知道方向！"

多多良就要起身，敦子扯了扯他的袖子。

"请等一下，老师。"

"等、等什么？"

"请等等我。请问一下，稻场小姐，你知道那位川濑香奈男先生……现在的消息吗？"

"香奈男吗？"

麻佑想了一下，说："这么说来，有朋友说最近在这附近遇到过他。那朋友说他很吃惊，叫住香奈男聊了一会儿。呃，他们聊了什么来着？因为好多年都没看到他了，问他一直都在做什么，他说他父亲过世……"

"过世？川濑先生过世了吗？"

"嗯，好像是。虽然好像没有人知道……倒不如说，我们对他父亲也不清楚……香奈男说——当然，我是听我朋友转述的，听香奈男自己的口气，好像也是直到最近才知道他父亲过世的消息，所以他才回到故乡什么的。"

"我听说他本来在养鸡场工作？"

"也不是工作，只是打杂吧。战争时期他还是小孩子嘛。就算是战后，也才十三四岁吧？看到香奈男的那个朋友，就是那家养鸡场老板的亲戚的小孩，所以小学毕业以后两人好像还是常见面，因此才会叫住他。所以……是啊，战争结束后，香奈男好像在养鸡场待了一段时间，但不知不觉人不见了……"

"我听说他父亲在昭和二十二年（一九四七）左右复员，回来过一次……"

"这我不知道。我朋友听说，香奈男一直待在千叶，直到最近都从事类似渔夫的工作。"

"千叶吗？"

"对，不过说千叶，这里也算是千叶，所以我不清楚是哪里……应该是有港口的地方吧。"

敦子沉思起来。

她知道什么美由纪不知道的事吗？或是想到了美由纪想不到的事？

"那么……这表示他是在工作地点得知父亲的死讯啰？"

"会是这样吗？"麻佑说，"毕竟我是听我朋友说的，很不确定。总之好像是直到最近，才知道他父亲在相当久以前……记得好像说已经是七年前的事了吧。他得知父亲那么久以前就过世了的消息后，才回到这里来的。"

"七年前……？"

表示刚复员回来没多久就过世了吗？

"那是最近的事吗？"

"我朋友应该是在大概两个月前听到的。请问，这跟**河童**有什么关系吗？"

"似乎有关。"敦子说。

怎么会呢？

多多良也吓到了："咦？现在是在说河童的事吗？"

"对，这应该……是河童的事。老师，那个叫远内的地方，我陪您一起去。"

敦子提出让人意外的要求。

"一起去？敦子小姐……"美由纪出声。

"嗯，我知道。不管怎么样，先回驻在所一趟吧。我想，请驻在所的池田巡查一道同行比较好，因为听说他是在那里出生的。"

"敦子小姐……"

美由纪再次呼唤，但敦子只是回头看了她一眼，露出苦笑而已。

一行人郑重地道谢，辞别校长家。

一路上，兴奋的多多良滔滔不绝地说着猴子如何、龙怎么样，但美由纪很在意敦子那卖关子的态度，什么都听不进去。

敦子似乎一直在思索。

驻在所里除了昨天的千叶县警的刑警以外，又多了一名制服女子。

好像是女警官，但美由纪第一次看到——或者说见到这种职务的人。

"这位是比嘉宏美巡查。"

姓小山田的刑警如此介绍。

"说来见笑，我们那里的矶部态度实在太糟糕了，所以我把县警里面唯一的女警带来了。啊，矶部那人也是没有恶意啦，他平常应付的都是些穷凶恶极的家伙，所以也跟着近墨者黑了。对小姐们态度那么高压，身为民主警察实在可耻。所以惩戒河童的任务就交给我……"

小山田以有些困扰——或者说露骨的"你怎么还在这里"的表情偷瞄多多良。原本神情严肃的比嘉巡查看到刑警的动作，转向美由纪，悄悄露出笑容：

"女警很稀奇吗？"

"啊？嗯。噢，我是第一次看到女警。"

"战后在 GHQ 的指导下，警视厅决定录用女警，由全国的国家地方警察展开招募，因此有段时期女警数量多少增加了一些，但仍然是一道窄门……不，别说窄门了，警界本来就是个男性社会。"

比嘉巡查瞄了小山田刑警一眼。

"我们署也是，不知不觉间所有的女警都辞光了……在千叶，目前就只有我一名女警。但《警察法》已经修订了，而且随时都在招募人员，往后应该会增加吧。不用多久，女性警官应该就不会特地用'女警'称呼了。请多指教，敝姓比嘉。"

"比……嘉小姐。"

"很少见的姓氏，对吧？我祖父是琉球人，这应该是冲绳的姓。不过我从来没有去过冲绳。现在没办法随便过去了。"

目前，冲绳处于美国的统治之下——似乎。

美由纪还是小孩子，所以不是很清楚。

而且对乡下小孩来说，对于日本被占领一事，也没有太大的真实感。

她觉得这是不对的事。

美由纪和淳子两人在里面的和室接受问话。

比嘉巡查态度礼貌地询问。

撇开淳子不说，美由纪觉得自己说了一堆不必要的内容，因为只是碰巧发现而已，因此也没有太多可说的，所以才会说些有的没的——虽然其中并没有谎言。

只是……

"那么，吴同学在发现浮尸的大约一小时以前，就曾经目击到漂流而过的疑似人体的东西……对吗？"

会是这样吗？

美由纪确实曾经看到那样的东西，但完全没有和浮尸联系起来。也许是因为河流蜿蜒之故，她无法理解哪边是上游。比嘉巡查拿出地图：

"你说是从这里看见的，对吧？从那里到发现地点的漫水处……假设是漂流过去的，要花上多久呢，南云小姐？"

"现在水并不大……嗯，大概三十分钟吧？或许更快。不，我也没有往河里丢过东西，所以不清楚。"

"这样啊。"

比嘉在本子上记了些什么，然后说"已经可以了"。

"感谢两位的配合。"

"噢……"

打开纸门，望向泥地房间，就见小山田正交抱着手臂低吟着。

"啊，结束了吗？辛苦了。对了，比嘉、比嘉，今早那个龟山太太的证词，叫什么来着，名字？"

"龟山绫子女士吗？"

"不是太太的名字，是那个去她们家的男人，呃……"

"菅原（sugawara）。菅原市佑。"

"对，就是这个姓，菅原。这个人是不是就是你说的那个 su 什么的人？"

"团子铺的人说是四个字。"敦子说，"但我觉得应该是四个音的意思，所以菅原符合这个条件。"

"这样吗？龟山智嗣……啊，已经请他太太确认过遗体了，所以身份确定了。龟山好像跟那个叫菅原的凶神恶煞的男子有过一番争吵。龟山这人似乎没什么优点，就只有脾气好，难得大小声，但他太太却说他跟那个菅原吵过架。"

对吧？——小山田问，比嘉应说"是的"。

"上头决定将女证人或女嫌犯交给女警处理，但其他女警都走光了，所以比嘉大显身手。然后……怎样来着？"

比嘉巡查穿过美由纪等人旁边，走到泥地房间。

"当时太太好像就在隔壁房间，虽然并非听得一清二楚，不过她听到的内容是……首先是'川濑应该已经死了'。"

"是川濑呢。"小山田说，"不过，不确定这个川濑是不是池田认识的那个川濑。"

"听说川濑先生大概在七年以前就过世了。"敦子说。这是麻佑告诉她们的。

"川濑已经死了吗……？"

小山田露出头疼的表情。比嘉接着说下去：

"然后太太说……菅原说'不是我，珠子那家伙**拿走了**'。"

"拿走了……？"

"是偷走的意思，还是在他手上，不太确定。然后……就是一些词语，像是龙，还有河童。"

"龙和河童！"

原本瘫坐在椅子上，低垂着头，仿佛在打瞌睡的多多良，直接就跳了起来。

"河、河童……"

"噢，惩治河童就交给我，老师请继续睡。"

"我没睡，我怎么可能睡得着！"

"请老师再忍耐一下。"敦子劝道。

"嗯，这个川濑愈来愈可疑了呢。"

"更重要的是，久保田有没有去找过龟山？"

"关于这一点，我们问过了，但近期似乎是没有。广田也没有去。久保田和广田，太太好像都认识。虽然两边没有频繁往来，但好像去过她家几次。不过，太太说这个叫菅原的人是第一次去。"

"他们知道久保田和广田过世的事吗？"

"好像是看报纸得知的。她说龟山相当惊讶。好像去参加了在长屋举行的广田的葬礼。至于久保田那边……好像没有办葬礼。"

敦子说"和久保田没有接触，是吧"，戳了戳自己的额头。

美由纪是一头雾水。

"对了。照片……宝石的照片呢？"

"太太说她没有见过。"比嘉回答，"但说看到过丈夫龟山在看像是照片的东西。"

"这样啊。那么……菅原前去拜访之前，有没有一名二十多岁的年轻男子拜访龟山？"

"咦……你真清楚。"比嘉睁圆了眼睛，"太太说有这样一个访客。"

小山田"哦？"了一声。

"看到上门的那名年轻人，龟山非常吃惊，把他带到外面——太太说她觉得应该是去附近的居酒屋，两人去了那里，所以不管是对方姓名，还是两人谈了些什么，太太都不清楚。龟山好像说是以前关照过他的人的儿子。"

"是不是年轻人拜访之后，龟山才开始看照片？"

"我们没有把这两件事联系起来。"比嘉说。

"中禅寺小姐，你抓住什么线索了吗？"小山田讶异地问，"我实在是云里雾里。如果你有什么发现，请务必指点一下迷津。

比起惩治河童，我也是把犯罪侦查放在第一位……"

"目前还看不出什么。"敦子回答，"只是……四散的碎片似乎渐渐拼凑出形状来了。但因为仍有许多空缺，所以我无法妄下定论。"

敦子果然有了某些推测。小山田垂下眉角：

"就算不确定、有空缺，我也想知道。别说理出头绪了，根本是千头万绪。"

"请再让我确认一下。如果我看出的形状正确，那么不管是什么样的碎片，应该都能完美地嵌进去才对。比嘉小姐，那名年轻人是什么时候去找龟山的？"

"太太说是一星期前。后来龟山就向工作单位请假，花了两天四处奔波，然后把菅原带来家里。后来整个人便莫名其妙地坐立不安，三天前说要去千叶，离开了家。"

"附带一提，龟山的死亡时间认定为前天下午四点到六点左右。"小山田说。刚好是美由纪抵达东总元站的时间。

"虽然完全不清楚他是在哪里过世的，因为上游不只一处，又有平泽川汇入。如果是漂流过来的……应该是这一带吗？"

小山田指着墙上的地图说。

"而且也有障碍物。歪七扭八的，应该不是直接一路往下流。唔，广田的遗体是在平泽川捞到的，所以如果凶案现场都是同一处，就是从上游的平泽川流到夷隅川吧。那样的话，从时间上来看，不可能是从比这一带更上游的地方漂下来……这是会议上得出的结论。"

"这里是哪里？"

原本坐在椅子上的敦子站起来，一样指着地图问。

那里是山区。

"是山啊，中禅寺小姐。啊，不，那里是……"

"是远内。"池田巡查出声，"是、是本官的老家所在地……"

"呃，可是这里不是山里吗？"小山田说。

"那里有池塘，对吧？"敦子说，"我想这龙王池应该不是积水而成的池子，而是涌泉吧？实地看过的稻场小姐也说是泉水。如果是涌泉的话，水是不是会流出去？"

"没错。"池田回答，"水流并没有多大，也不到小河的程度，但确实是条小溪。河面很狭窄，但落差大，水流湍急，不适合小孩子玩水，相当危险。"

"那种小知识不用补充了。"小山田说，"总之有河，是吧？"

"那条河……是不是通到夷隅川？"

"噢……应该相通吧。"

"什么？"小山田大声说，"也就是……这不叫支流呢。呃，虽然不清楚叫什么，总之从那里流出去的水，会流进夷隅川，是吗？"

"应该是的。"

"怎么不早说啦……"小山田可怜兮兮地喊道。

"这、这与案情有关吗？！"

"有啊，关系可大了。也就是说，那里是上游——是源流之一吧？那就不一定是从这里漂过来的吗？"

水流到哪里？——小山田指着贴在墙上的地图问。

"上面没有河啊？地图上什么都没画。"

"是，这份地图是居住地图，而且山上已经没有人住了，所以也没必要前往巡逻……"

"但河流会画上去吧？"

"河的话，黑原上方也有池沼，而且到处都有不少小涌泉，形成涓涓细流，流入夷隅川。这些细流被树林覆盖，所以航拍也拍不到……我是这么听说的。因此地图上也没有标记。"

"这河怎么这么麻烦。"小山田说，"然后呢？"

"是的，龙王池的水流分成两支，一边像这样……"池田借助手指说明，"流向大户；另一边像这样，流到久我原西侧，是……这一带吧，流到这里。"

"那不是那什么瀑布的上游吗！"

"不动瀑布吗？嗯，会是这样吧。"

"也就是平泽川吧？广田的尸体被发现的地方。"

"会是这样吧。"

"听我说，"小山田搔头，"问题就在那什么瀑布的地方啊。浮尸有可能是落下瀑布漂过来的。落下瀑布后又流进大河里，就像三股叉那样。久保田和龟山就是在它的下游发现的。然后，广田是在……"

这里——小山田指出来。

"我刚才也说过，如果这些都是他杀命案，而且是在同一个地点被杀害，那么唯一的可能，就是从平泽川漂流下来的。就是吧？可就算是这样，那可不是小东西，而是一具人类尸体，有办法流过这样的瀑布和汇流点，没有被任何人看到，顺畅地漂到这边来吗？嗯，或许是可以啦……"

不过这河真是太麻烦了——小山田说。

"对不起。"淳子道歉说。

"啊，我不是在生气啦。就算生气，这河又不是你挖的。可是呢，这个池田巡查的故乡……叫什么来着？从那里的话，有可能流到汇流处的上游或下游，两边都有可能吧？"

"两边都能流过去。"

"而且如果是从那里流出去的话，就等于是三起都是从距离发现地点不远的地方漂流出去的，对吧？"

"是的。"

"这一点很重要哪。"小山田唱歌似的说。

敦子一边观察小山田的神色，一边问："是不是……应该过去看看？"

"去？去哪儿？远内吗？嗯，可是中禅寺小姐，如果这是他杀命案……虽然到现在都还不清楚是不是……"

"有肿包啊。"多多良插嘴道，"不是凹陷，是凸包呢。凸。那个谜团怎么办？"

"什么怎么办……"

"而且还露屁股呢。还有屁股的谜团。那个……沼……"

"龟山是吗？"美由纪接话。

美由纪猜想他是想要说这个人，没想到真的是。

"龟山的裤子找到了吗？或许是卡在那个……沼……"

"远内对吗？"美由纪又说。

"或许卡在从远内流出来的河川某处哦。没找到没关系吗？唉，那处废弃的村落可能供奉着龙神哦？河童会把尻子玉供奉给龙神哦？是岁贡哦，岁贡。"

"哦，那个河童哦……"小山田说，"要是能逮到就好了。我很乐意好好教训河童一顿，不过应该逮不到吧……"

"怎么可能逮得到！"多多良神气地说，"这要是早年间，这些事件一定会被当成是河童干的好事，但现在已经是昭和时代了。可惜的是，二十世纪已经没办法把坏事推给河童了！"

小山田看着多多良，看表情就像在对这番话出自多多良之口感到难以置信。

"再说，这一带河童的属性似乎分配到蛇和龙神身上了，所以根本没有像样的河童。因此如果要教训，就该教训凶手！"

是人！——研究家语气强硬地说。

"这、这一点我同意，不过……假设真有凶手好了，凶杀现场——不，说是凶杀现场，可人是溺死的。即使是杀人，也没有必要在同一个地点进行吧？也没办法查到杀人现场吧？"

"不去看看怎么知道？"多多良说，"我们快走吧！"

"小山田先生，龟山的命案什么时候会公布？"敦子唐突地问。

"什么？噢，昨晚就确定身份了，所以……"

"已经公布了。"比嘉回答，"我想应该会刊登在晚报上。当然，警方没有说是他杀或是连环命案，报道应该会是离奇死亡。"

"这样啊，或许快没时间了。"敦子说。

"没时间……怎么说？"

"可以借个电话吗？我有几件事想向编辑部确定一下……也想请侦探调查一下。"

敦子说完，瞄了美由纪一眼。

6

"抱歉，说这些没品的事。"益田龙一说。

敦子是昨天下午联系他的，短短一天，益田却已经大致调查完毕了，可见他具备不错的调查能力。

敦子也多少对益田刮目相看了，不过……

"可是，这不是我的错，事情就是这样，没办法呀。事实上我也不乐意在美由纪这种可爱的女学生面前谈论这种事。"

还是一样没法少说两句。

益田似乎在去年春天的事件中就已经认识美由纪了，态度莫名亲密。美由纪则显得有些厌烦。

"那不重要，请继续说下去。"敦子要求。

"噢……就是呢，惊扰浅草一带的偷窥狂，似乎是一名年轻男子。在浴室和厕所遭到偷窥的，多半是年过三十、不到五十的中年男人。也就是……喜欢老伯伯屁股的年轻人呢。哎，性方面的嗜好是人各有志，奥妙无穷嘛。好像也有人专挑老的……"

"你只要报告事实就行了。"

快没时间了——敦子觉得。

"噢……就像敦子小姐知道的，出现了许多模仿犯和搭便车的家伙，所以不清楚准确的情形……也有类似凑热闹取乐的恶作剧嘛。总共有四个人被抓，其中三个是偷窥女人。这只是一般的偷窥色狼而已。剩下的一个则完全是恶作剧。结果没逮到的好像比较多呢。美由纪的学校好像也闹得人心惶惶。"

美由纪没搭腔。

"那边的偷窥狂也没有抓到呢。带头的偷窥狂——坊间说的偷窥相公，结果也没有抓到。"

"那个带头的偷窥狂的活动时期是什么时候？"

"六月中旬到七月初。"益田回答，"出人意料地短暂。数量也不多，发现的只有八起。不过偷窥狂本来就是偷偷摸摸地看，应该也有些没曝光的案子吧……"

然后——益田说着甩了一下刘海。

"不愧是敦子小姐，火眼金睛，教人甘拜下风。有的，龟山家报案了。"

"龟山？"在一旁默默聆听的小山田扬声，"怎么回事？中禅寺小姐？"

"也就是说，龟山家被偷窥狂偷看了，对吧？"

"对对，龟山家自己有浴室，被偷窥的就是浴室。龟山的老婆在邻近一带似乎也是出了名的美女，所以老公气急败坏地跑去派出所报案……"

听说他死掉了，是吧？——益田突然萎顿下去。

"老婆年纪轻轻就成了未亡人啊。真可怜。"

"这侦探不跑题是会死吗？"

小山田板起脸来。

"常有人这么说。不过，被偷窥的是先生。然后……广田那边呢，他是去公共澡堂。他固定去的澡堂……叫纸乃汤，名字很奇怪呢。这边并没有发生偷窥骚动。仔细想想，澡堂里彼此都是男人，没必要用偷看的，正大光明走进去就行了，光溜溜的裸体爱怎么看就怎么看。可是呢，广田不怎么常去澡堂。广田是工匠，对吧？整天像这样咔咔咔咔磨锉刀齿……"

"不必模仿。"敦子说。

"啊，也不是模仿，是想象。我没见过锉刀是怎么做的。然后呢，总之他整天工作，回神的时候，澡堂都打烊了，所以好像几乎都是泼个冷水就算了。等手上的工作告一段落，货也交出去以后，再舒舒服服地上澡堂，喝杯小酒休息一下——过的是这样的生活。然后，刚好六月到七月都很忙呢，订单特别多。虽然锉刀应该也没有季节性需求……"

"然后呢？"

"噢，广田住的是六户连在一起的长屋，厕所是共用的。就在那里，发生了偷窥事件。"

"广田也被偷窥了吗！"

小山田似乎很惊讶。

"对，虽然实际上被偷窥、吵着报案的是住隔壁的卖金鱼的。这个也是，虽然被偷看的是他自己，但老婆是美女。结果隔壁的木匠也被偷窥了，佛具师傅也被偷窥了。"

那处长屋工匠特别多呢——益田又多嘴了。

"全都是男的，偷窥狂好像都偷看男人的说法，好像就是从这里传出来的。"

"广田自己呢？"

"这一点……不太清楚哪。或许也被偷看了，但似乎不太清楚。他这人好像蛮迟钝的……总之，他好像说了类似'要看老子的屁股，随时让他看'的话。很下流，对吧？"益田转向美由纪说。

美由纪没有搭理，把脸微微转向一旁。

"然后，另外还有几户人家，发生了类似的偷窥事件，全都是浅草附近一带。看来似乎是不确定目标的所在。"

"在找……菅原是吗？"

"对，没错。我查了一下这个菅原市佑。"

"你查了？"小山田再次惊讶。

"当然查了呀。我就是干这行的嘛。只要接到委托，我什么都做，不过当然是在不违法的范围内。而且既然是敦子小姐的请托，我会比平常努力三倍。再怎么说，奴隶体质已经深入我的骨髓，所以我会粉身碎骨……"

"你怎么样不重要啦。"小山田说。

"这样哦。我也向仲村屋的幸江女士和芽生小姐确认过了，她们说菅原这个姓氏，和记忆完全吻合。我也请青木协助了。菅原也有前科呢。恐吓加盗窃，三项前科。职业呢，类似江湖艺人。"

"他住在哪儿？"

"浅草……不过也是郊区。离今户很近。他住的是独栋，不过是租的。因为生意关系，经常外出旅行，很少在家，而且也没挂门牌什么的。昨晚我过去看了一下。"

敦子说"辛苦你了"，益田应道"托您的福"。

这应答文不对题，但益田向来如此。

"噢，我也向周边街坊打听了一下，那一带遭到偷窥的情况最严重。独居老头、鳏夫老爹，被偷窥的全是男人。"

"嗯……这到底是怎么回事？"小山田转向敦子问。

"是的，这也是猜测，但我猜想是因为偷窥狂不知道菅原的家在哪里，而且也不认得菅原的长相，同时怀疑菅原或许已经改名换姓。"

"事实上真的很难。"益田说，"连长相都不知道的话，也无从找起。所以才会乱枪打鸟地四处偷窥吧，我想。"

"为什么？"

"应该是……为了确认刺青吧。"

"刺青？"

"没错。"益田身体前屈，"哎呀，我做梦也想不到昭和的偷窥狂居然会和我手上的案子有关。就是呢，凶手是屁股有宝珠刺青的男子。"

"凶手？"

这……不对。

这样说会引起误会。

"意思是，偷窥狂在找屁股有宝珠刺青的人，小山田先生。那个人一定是查到了广田、龟山或菅原当中一人的屁股上面有刺青。可是，呃……"敦子说。

"没办法叫人露屁股给他看。"一直沉默的多多良开口，"对吧？"

"应该是吧……所以才用偷看的？为了看屁股？偷看人洗澡上厕所？怎么这么拐弯抹角。那，这到底是……"

"我完全不懂。"美由纪说，"虽然我也没必要懂啦。"

在这个阶段，实在难以解释。

敦子总是觉得，自己没办法像哥哥那样行事。等到所有的一切都齐全了，一切都不动如山、罪证确凿后再行动，敦子实在是做不来。

"总之，只有这个可能了。"益田接着说，"广田、龟山、菅原、久保田，都是与七年前的宝石抢夺案有关的人。涉案的五人当中，川濑似乎已经死了，所以剩下的四人当中的一人，呃……敦子小姐，其实我也不是很明白。久保田、广田和龟山已经露屁股了呢。他们没有刺青，对吧？"

"没有那种东西。"小山田说。

"只是普通的屁股。"多多良也说。

"那么，屁股有宝珠的人……就是菅原了吧？如果相信久保田的说法的话。因为久保田委托三芳先生制作仿造宝石，就是为了骗过那个屁股宝珠男，抢回宝石。如果川濑早就已经死了，当然无从骗起……"

敦子认为刺青男子应该就是菅原市佑没错。

"所以了，敦子小姐，假设屁股宝珠男是菅原，剩下的四人全都已经死了耶。然后可能是三芳先生制作的仿造宝石的照片在龟山手里。那么，会不会是幸存的三人策划欺骗屁股宝珠男菅原，反遭毒手？那么凶手不就是菅原吗？"

"有道理。"小山田说。

"可是这样的话，那偷窥怎么解释？"

"啊？偷窥……不就是偷窥吗？只是轻罪。"

"是谁在偷窥？"

"呃，这……"

"就是说啊。如果是抢夺宝石的同伙，很有可能早就知道菅原有刺青吧？他们是同伙啊。那么，偷窥的是他们以外的别人吗？"

"会偷看人上厕所的是河童啦。"多多良说着"嘻嘻"诡笑了两声，"要是河童的话，就吊起来打，可是不可能是河童。"

不……

"是啊，问题是……那个河童究竟是谁？"敦子说。

"什么河童是谁，中禅寺小姐，你啊……"

小山田皱起眉头。

虽然这还只是猜想……

"益田先生，那另一件事……"

"是是是。"益田得意地翻看记事本，"久保田以前工作的地方，我看看，是铫子的江尻水产这家公司……又有表示屁股的尻字了。这家公司成立，是那个麦克阿瑟线的第三次许可以后的事，所以是四年前呢。在那之前，应该只是普通的船东吧。这家公司以远洋渔业为中心，业绩蒸蒸日上，但一样因为那场原子金枪鱼风波，遭受到相当严重的打击，尽管没有倒闭，但裁了不少员工，久保田也是其中之一。"

他被解雇了呢——益田说。

"久保田呢，就像仲村幸江女士说的，在昭和二十二年（一九四七）复员，然后做了某些坏事，失去了一只手，在昭和二十三年（一九四八）冬季回到千叶，在江尻水产成立时被雇用为行政人员。据说他和老板江尻在战前是一起工作的渔夫……是靠关系进去的呢。"

"你调查得真详细。"小山田表示佩服，"衙门办事，实在很难查出详细内情。不过也因为还不一定是刑事案件，所以说是侦办，也只是查证了一下身份而已。"

"噢，我是个胆小又敷衍的人啦。眼前的事总有法子办到，就算事后挨骂，也只要拼命赔罪就好。啊，我真的没做犯法的事哦。因为我是个胆小鬼。"

"那些不重要。"敦子说。

"敦子小姐，我觉得你最近对我好像特别严厉耶？我看一下……今年以后，江尻水产解雇的人里面，没有你要找的人。虽然没有，但这简而言之，就只是正式雇员里面没有而已。"

"意思是……？"

"打杂的或是工友……有吧？那种类似见习生的人。穿着学生服之类的，那种待遇。虽然不是正职员工，但是在里面工作。"

"谁？"小山田问。

"对，就是川濑香奈男。"益田说。

"川、川濑的儿子！"

"对，香奈男……噢，这不是我亲自问到的，是拜托同行调查，听他转述的。他说是六年前，所以也是昭和二十三年吗？香奈男是在那时候流落到九十九里，四处帮渔夫打杂。他那时候好像还是个少年。然后在前年，他被江尻水产收留。不过嗯，在今年春天被裁掉了。都是氢弹试爆害的呢。"

"等一下，那么久保田和川濑的儿子……**以前在同一家公司**？"

"可以说是这么回事吧。虽然我完全不懂这有什么意义。他被裁员以后就下落不明了。"

暂时回到故乡，然后……

——去了浅草吗？

"告诉香奈男他父亲的死讯的，应该是久保田。总元小学前校长的外孙女稻场小姐好像是香奈男的同学，她说香奈男在五月还是六月的时候，似乎曾经来到总元村附近。"

"香奈男……"池田出声，"他回来了？"

"是的，但我不清楚他现在是否还在这个村子里。听说当时香奈男对稻场小姐的朋友提起过他的父亲在七年前过世，自己直到最近才知道这个消息。如果香奈男一直在江尻水产工作到春天，表示久保田也在同一个公司。香奈男的父亲……"

"敏男兄。"池田接话。

"对，川濑敏男战前似乎以这一带为中心，四处行商，所以不太可能在那个阶段，与人在铫子一带的久保田有交集，但如果抢夺宝石的五人组之一就有川濑的话……"

"看来就是这样哪。"小山田望向池田。

"久保田似乎曾对三芳先生说，在抢夺宝石的时候，甚至有人因此丢了性命。那么这五人当中，可能有人在当时就过世了。如果那就是川濑……"

"刚好就是……在七年前过世的吗？"

"是的。敏男在七年前复员回来，对香奈男说有发财的机会，去了东京，就此一去不回……好像是这样，对吧？"

"是的。"池田回答。

"他说的发财的机会，从时间点来看，有可能是抢夺宝石的计划。然后在委托制作仿造宝石时，暗示有这个宝石抢夺计划的久保田，大概是在实施计划的同一时期受了失去右手的重伤，因此一定是出了什么事。但不管发生了什么事，都没有多少人知道。因为如果相信久保田的说法，那是犯罪行为，而且是瞒天过海的犯罪，被掩盖起来了。这么一来，知道川濑死讯的人，自然也就有限了。其中之一就是久保田，这一点毋庸置疑。"

"那么……是复仇吗？"美由纪问。

会是……这样吧。

"为父报仇？"

不清楚。无法断定。

"那个父亲遭人杀害的香奈男，和失去一只手的久保田……想要报仇雪恨，是这样吗？"

"应该是这样，可是……"

"不不不，"小山田挥手，"是要向谁报仇？应该是发生过内讧，但有人杀了其中一人，让另一人受了伤，独占了那令人敬畏的皇室宝物……是这样的情节吗？"

大致上应该是这样。

但……

"这么一来，目标不就是屁股有刺青的男人——菅原了吗？但刚才不是在说菅原就是凶手吗？"

"那是我说的。"益田小声说，微微举手，"刑警先生不是也支持我吗？"

"是啦，难道不是吗？"

"我想应该不是。"敦子说，"偷窥狂……应该是川濑香奈男。"

"咦咦？但是这样的话，敦子小姐，就变成香奈男**不知道**屁股宝珠男是谁了啊？"

"如果不这样想，就无法解释了。如果香奈男是从久保田那里听说父亲的死讯，当然也听到了那起隐藏的犯罪……可以这样推测吧？"

"是可以这么推测。"小山田说，"不过，应该不光是提到死讯而已吧。久保田自己也丢了一只手，如果要说明，应该很难避开这一点。如果久保田本人对那个……背叛吗？对同伙的背叛怀恨在心，更是一定会说吧。"

"香奈男得知这件事……"

"于是计划报仇，是吗？"益田说。

"没办法断定。但过去那桩坏事的涉事人相继死亡，所以不可能无关吧。如果香奈男存心报复，会怎么做呢？"

"嗯，会先查出对象，找出他们的所在吧。"益田说。

"香奈男应该从久保田那里问出了以前的同伙的名字和住址了。但是……他没能问出到底是谁害死了父亲，或是不清楚是谁。只知道凶手的屁股有刺青……应该是这样吧？"

"啊？所以……他才偷窥厕所看屁股，想要找出杀父仇人到底是谁吗，中禅寺小姐？"

"对。我认为除非有这样的原因，否则不会去做那种事，各位觉得呢？"

"嗯，除了太喜欢男人的屁股以外，只想得到这个原因了呢。"益田说。

"可是有点奇怪呀。"美由纪说。

没错。确实……有点奇怪。

"因为，那个叫久保田的人应该知道那是谁吧？那为什么不告诉香奈男？"

"没错。"

令人不解的，是久保田的行为。

大部分的碎片都确确实实嵌入原位了，所以大致上的构图应该不会变——敦子认为。

但久保田的行动，却无法顺利地嵌进去。

假设主犯——更准确地说，是独占抢来的宝石的宝珠刺青男——是菅原市佑，那么久保田悠介当然极有可能知道这件事。如果害久保田受伤、杀害川濑敏男的就是菅原，久保田当然会把这件事告诉川濑香奈男吧。

然而他却隐瞒了这件事。

如果这是久保田悠介与川濑香奈男的复仇，两人应该会联手才对。然而久保田与香奈男多半是各自分头行动。

敦子认为，委托三芳彰制作仿造宝石，应该是久保田的独断独行。最重要的是，到现在依然看不出制作仿造宝石的目的是什么。

而且久保田自己也死了。

而且是第一个丧命的。

"再说，那个叫久保田的，应该是想要复仇的人吧？可是他死掉了耶。难道那个叫香奈男的人连特地告诉他的久保田先生都怀疑吗？倒不如说，活着的只剩下那个屁股有刺青的人了。其他人全都死掉了。明明那么辛苦地看了那么多屁股。结果不管人是谁杀的，死掉的都只有屁股没有刺青的人吧？那么我觉得一开始的报仇不成反遭杀害的说法比较正确。"

美由纪的说法可以理解。

但是……

"关于久保田，有许多不清楚的地方……但不管怎么样，会不会是香奈男没办法通过偷窥行为来确定目标？所以才使出下一招……我这么觉得。他亮出某些诱饵，等待有人上钩……"敦子说。

"说到诱饵，就是宝石吧。"益田说，"这种情况，没有其他诱人的东西了嘛。可是敦子小姐，如果相信久保田的说法，那宝石应该在菅原手里？可是却用宝石去钓菅原，这不是太奇怪了吗？哎呀，太奇怪了啦。"

"要说奇怪，是很奇怪。可是，想想为什么浮尸的下半身被脱光，还是只能得出这个结论。设下某些圈套，然后确认掉入圈套的是不是真正的仇人……应该是这样吧？"

"噢。啊，也就是为了锁定目标的看屁股行动失败了，所以总之依序设下圈套，把人杀了，然后再确定屁股有没有刺青吗？这太过分了吧。不过人死了的话，的确屁股爱怎么看都行。但是这样的话，不是全部落空了吗？"

所以……

敦子才会觉得没时间了。

"也就是这么回事吗？"益田说，"川濑香奈男从久保田那里得知父亲死亡的真相，计划为父报仇。不共戴天的杀父仇人，是广田、龟山、菅原这三人中的一个，他已经查到凶手是屁股有宝珠刺青的家伙，但不知道屁股有刺青的到底是谁，为了先确定这一点，他到处偷窥厕所和浴室，但是到最后还是看不出个所以然来。"

敦子也认为看不出来。

"然后，他设下圈套。这个圈套呢，跟委托三芳先生做的仿造宝石……"

"我认为没有关联。"

敦子觉得硬要制造出关联，会扭曲事件的轮廓。

"没有关联哦？"益田有气无力地说完嘴巴呆呆地张了一会儿，接着又开口道，"啊，噢，失态了。然后，第一个中了那个不晓得是什么圈套的人……就变成了久保田？"

益田说着撩起刘海，接着又说：

"这有点不对吧？因为整件事的前提，是久保田把各种信息透露给香奈男吧？那就像美由纪提出的疑问，为什么话只讲一半呢？我是说万一，假设久保田自己也不知道屁股有宝珠刺青的是三人当中的谁，那他怎么会自己掉进圈套里面呢？"

"我认为有别的计划。"敦子说。

"久保田吗？他有和香奈男不同的计划？可是根据敦子小姐的推理，把照片交给龟山的，就是香奈男吧？照片上拍的不是仿造宝石吗？"

"我们查证过了。"小山田说，"昨天傍晚，胜浦署的署员去了那座……河童桥是吗？我看看……三芳先生？请他看了照片。他说虽然无法断定，但形状和数目都和他做的仿造宝石一样。但因为没有拍到可以当参照物的东西，所以无法确认大小，而且也有可能不是赝品，而是真品，说光凭照片无法断定。不过，我觉得他这样的说法是为了追求准确，是可以相信的。"

"看吧，"益田拉长了人中，"那久保田和香奈男就是共犯。"

"是啊，所以才觉得奇怪呀。如果两人是共犯的话……凶手第一个就杀了共犯吗？把人杀掉以后，再脱裤子查看有没有刺青吗？"美由纪不服地问。

"噢。嗯，应该……就是这样吧？就算是共犯，也有可能闹翻啊。屁股的话，只能说是想看……"

益田这么说，但敦子认为不太可能。

既然都特地割断裤子的松紧带确认了，那就可以确定凶手认为久保田也有可能是刺青男。即使是共犯，如有可能对对方存有疑心，但就算是这样，会在毫无确证的情况下，第一个就先把共犯杀了吗？就像益田说的，这再怎么说都太过分了。

事实上，久保田就没有刺青。

包括久保田在内，刺青男的候补有四人。如果只是要对其中一人进行报复，应该不会设下那种圈套——虽然不清楚是什么圈套。

再说，确定之后再下手还可以理解，杀人之后再确认，还有什么意义？如果是打从一开始就意图杀掉所有的人，感觉也没必要逐一确认。

合理的推论，说到底还是久保田是**自己**掉进圈套？不，不光是久保田，广田和龟山也有可能是这样。

"不管怎么样，都还少了什么。"敦子说，"不过我想那不是动脑就能推测出来的。即使推测出来，也无法证实；即使能够证实……"

也无法阻止。

"阻止？什么意思？"小山田问。

"目前可以确定的是，从事坏勾当的五人组里面，唯一幸存的就只有菅原。就像益田先生说的，那个人或许是凶手，但同时……"

也有可能是最后一名被害者。

"你是说菅原也有可能被杀？"

"我认为有这个可能性。"

"可是就算要杀，"小山田交抱起手臂，"要怎么杀？老实说，以现状来看，只是单纯溺死的可能性更大。没错，就像那边那位老师说的，死者头上有肿包。所以我不说没有外伤，但那并不是致命伤，人是溺死的。"

"河童干的啦。"多多良对着不相关的方向小声说。

如果真的是河童干的就好了。

"就算是河童，我也要逮捕归案。"小山田说，"只是呢，即使有凶手，可以确定的也只有他在人死后割断了皮带。就连这一点，也不知道是不是死后割断的。在现阶段，还是没办法一口咬定是他杀事件嘛……"

"可是……"

没错。

"虽然不知道怎么会变成这样，但以结果来说，还是成功确认有无刺青了，对吧？撇开这是有计划的行动，还是偶然演变成的不说，总之确定了久保田、广田和龟山都没有刺青。"

"可以好整以暇仔细检查一番嘛。"益田接话说，"检查屁股。"

"假设川濑香奈男试图通过某些手段来查出刺青男，那么结果他成功了，不是吗？"

就是菅原市佑。

"对耶，也就是先前的三人是意外死亡还是他杀，关系并不大，对吧？那个叫菅原的人……有可能被盯上，是吗？"

"美由纪说的没错。如果川濑香奈男想要为父报仇，这下仇人只能是菅原了。另一方面，如果就像益田先生一开始说的，菅原市佑把盯上他的人反过来一个个除掉的话，那么他最后一个要除掉的，就是……"

川濑香奈男。

"当然，三人的神秘死亡之谜还是应该要解开，但我认为，更应该优先考虑预防接下来可能会发生的事件。不能再增加更多被害者了。如果真有复仇这个目的，既然已经找到对象，接下来就只剩下……"

动手。

"这我明白，"小山田表情扭曲，"但警方没办法再拨出更多人手了。现在正以平泽川和夷隅川的汇流点为中心，在当地人的协助下，寻找龟山的裤子。"

"远内啦。"多多良开口。

从昨天开始，多多良似乎就非常渴望去远内。现在他也已准备妥当，一副迫不及待的样子，站在门口，以便随时出发。

"如果裤子掉下来，一定是掉在远内。溯河而上就可以找到啦。昨天我们不是达成这个结论了吗？"

"不，那不是结论，是推论，老师。嗯，我也在上午的会议上报告了。不过以目前来说，关于这些案子，连搜查本部都还没有正式成立呢。"

"那我要走了。"多多良说。

“怎么会是这个结论？实在令人费解。”

“所以说，”多多良语气强硬地说，“那里不是警方要搜查的地区的话，不管我要去那里做什么，都是我的自由吧？难道不是吗？”

“没错，我没有权利阻止老师。可是啊，听中禅寺小姐的说法，或许会发生什么事，不是吗？就怕有什么万一啊。”

“那就一起去吧！”

“一起去？不，我得待在这里啊。胜浦署的联络员就快来了……”

“来了来了。”多多良一迭连声地说。

话声未落，引擎声已经传来，一辆汽车在驻在所前停了下来。比嘉巡查打开车门下车，驾驶座似乎坐着矶部刑警。

“主任，菅原市佑的……”

比嘉说到这里，发现敦子和美由纪，似乎有点惊讶。

“噢，我请她们今天也过来协助办案。这位是东京的侦探事务所的益田先生，他提供了许多情报给我们。噢，菅原的背景我也听他说了。”

“哎呀，女警小姐吗？”益田说着走上前来，“托您的福，我之前也是国家警察官。神奈川本部以前也有女警，可是不知道为什么不高兴，一下子就辞职走人了。是职场环境太糟了吗？从国家地方警察变成县警察之后，不知道有没有改善？职场里全是些大叔老头嘛。比起职务，那些大叔老头更教人吃不消。孱弱的我实在是经受不住，对女人来说一定很难熬吧，警界。”

“我有同感。”比嘉说。

小山田的表情更扭曲了。

"警视厅送来菅原的照片了。"

比嘉递出照片。

"菅原似乎昨晚离家不知道去哪里了。他的江湖艺人朋友说，最近没有需要远行的工作，应该也没有表演活动。"

"这样啊……"

小山田的表情显得益发苦涩。

"还有，经过行政解剖，证实龟山的死因是溺死。法医说头部的伤和死因没有直接关联，但如果是在水中撞到东西而造成的伤，有可能就此失去意识，或是在这时喝下大量的水。"

"嗯，这些就算是门外汉也看得出来。该建议进行司法解剖吗？应该没办法吧。八成也查不出什么。要是验得出安眠药的话……不过那么明显的东西，行政解剖也看得出来吧？"

这时益田"啊"了一声。

"怎么了？拜托，不要把事情搞得更复杂啊。"

"不是啦，不过的确可能会让事情变得更复杂。今天早上我搭第一班电车，转搭公交车什么的过来，然后在木原线……跟这个人一起。"

"哪个人？"

"就这个人啊。"益田指着小山田的手指头说。

"菅原……吗？"

"如果这个人就是那个 su 什么先生，也就是菅原的话，没错，他就在车上。"

"他在哪里下车？"

"哪里？一样啊。是叫东总元站吗？"

"表示他人在这一带吗？"

"要找他吗？"池田巡查说。

"找？可是他又没被通缉……"

不。

他应该在远内。敦子确信。

"老师，我们走吧。"敦子说，"他们似乎很忙，我们也没有更多情报可以提供了。我们去拜访那座龙王池的祠堂，然后回东京吧。"

"我也一起去。"美由纪说。

"等等、等等，小女生不行啦。"

"为什么？因为那里是山上吗？那里没有人吧？"

"是啦，可是……"

"小山田兄！"矶部从车窗里叫人，"你在做什么啊？你得去监督河边的搜索行动吧？我们快走吧。得快点结束，赶紧回县警本部一趟，否则会挨骂的。啊，你是侦探吧？"

矶部一看到益田，便用手指比出手枪的形状，做出开枪的动作。看来他对任何人都这么做。贪玩的益田装出挨枪的动作。不应该这样乱凑兴吧。

"啊，是没错啦。比嘉，你……"小山田说。

"我也打算今天回千叶。上头说不用绕去胜浦署也行。"

"这样吗。那，不好意思，可以请你暂时待在驻在所这里吗？池田，你陪这些人一起去那个……远内吗？陪他们一起去吧。我怕万一出什么岔子。万一出事就不妙了。啊，小女生可别去凑热闹啊。"

小山田这么说着拍了拍自己的额头，嘟囔着说"要是真的是河童就好了"，上了汽车。

比嘉目送车子离去。

"真是自私呢。"她说，"不问我方不方便，也不等我回答。再说，现在是什么状况，我根本一头雾水……"

这是命令，我是会听从啦——比嘉嘀咕着走进驻在所，接着对池田巡查说："上司这么交代，麻烦你了。"

池田敬礼说"遵命"，又说："这片土地向来既和平又悠闲，所以我认为应该不会再出什么事了。"

比嘉苦笑："我应该是万一出事的时候负责联络的人吧。总比在本部被差遣泡茶要来得好多了。主任说或许会出什么事，会出什么事吗？"

池田又敬礼："很遗憾，这已经超出本官的理解范围了。"

"这样啊……那请千万小……"

比嘉还没说完，多多良已经挺着胸，意气飞扬地走了出去。池田急忙大声说："学者老师，不是那边！"

"咦？就是这个方向吧？"

"方向或许对，但那边没有路。除非搭乘美军的M4中战车，否则是不可能直线到达的。本来的话，应该要搭木原线到久我原，登上狭窄的山路……"

"没那么多时间了。"多多良说。

"那、那么本官带各位走最短路线。虽然一样几乎没有像样的路，但应该还算得上是人能够通行的环境，如果这样也可以的话……"

不是那个方向！——池田制止再次往前走的多多良。

一行人先前往车站，接着经过车站，深入后方山区。益田和美由纪也一起来了。敦子也认为美由纪不应该同行，但美由纪不是那种会听人劝的女孩，而且池田也没说什么，所以敦子也不多说。

如果遇上什么事，美由纪只能由自己来保护。

万一出个什么事，多多良会有什么反应，完全无法预测。

至于自命手无缚鸡之力的胆小鬼的益田——当然，真的出事的时候，他应该会采取保护敦子或美由纪的行动，但总觉得他会第一个被打垮。能够依靠的只有池田。

倒不如说……

敦子完全不认为会遇上暴力事件。

只是，关于菅原这个人，有许多不明之处。由于无法预测他的反应，她认为还是小心为上。

那里与其说是山，更接近荒野。

池田巡查拨开灌木丛类的植物，开拓道路般前进。

想来稻场麻佑所说的川濑香奈男上下学的路，应该就是这条路径吧。

树木开始变高了。

地面也是倾斜的。显然是山地。

没多久，冒出了一条河。

不是多大的河，但也许因为位于斜坡，感觉水流相当湍急。

"这就是从龙王池流出来的水。远内的人都叫这里东水，流到久我原那里的是西水，所以才没有把它们当成河也说不定。"

池田说，接下来只要沿着这条溪流攀登就到了。

仰头望去，不知不觉间，头顶被树木的枝桠所遮蔽。

确实，航空照片也拍不到这条溪流吧。

但水量仍足以冲走一个人的尸体。

"迁出去以后，我就再也没有回来过。已经近二十年没爬过这条路了，但完全没变呢。"

"对了，前任校长的外孙女说，川濑香奈男好像都是走这条路上下学。"

"这样说不通啊。"池田停住脚步，"敏男兄年纪轻轻就结了婚……我记得他一开始应该是在大多喜建立家庭。一两年以后，他离开大多喜，我一直以为他迁到总元落了户……他偶尔也会来我家，所以我一直以为他住在山中乡八村的某处，原来不是吗？他回远内来了吗？"

"应该是吧？"

"这有可能吗？因为那里鸟不生蛋的，没法生活吧？"

"你说他是行商，那么卖些什么？"

"噢，卖药。应该是卖跌打损伤的膏药。我们家也买过几回，虽然不记得用过。"

"是河童的膏药吧？"多多良说着"嘻嘻嘻"地笑，接着又说，"实在巧过头了呢。"

"那个香奈男，开战的时候大概十二岁吧？那现在已经二十五左右了……但我觉得年龄好像有点不对。敏男先生大池田巡查八岁，对吧？那么今年大概四十岁……那不就等于是他十五岁时生的孩子吗？"

池田张口仰头："咦？啊，说的也是呢。不可能呢。不，怎么样呢？那，香奈男年纪应该更小吗？那孩子很老成嘛。咦？"

池田歪着头，又继续上山。

"麻佑小姐和香奈男先生同年级，她现在二十一二岁哦。因为她说是在昭和十四年（一九三九）进小学的。而且她应该比二十岁的淳子小姐高一二届……"美由纪这么说，"这样还是很怪吗？"

"不，这样的话，数字就对了。敏男兄是在十八九岁的时候离开村落的。"

"天哪！这么年轻就结婚了吗？"美由纪惊呼道，"噢，是没什么关系啦。我虽然长得这么高大，但人很幼稚。"

"噢，这事不好大声说，不过……后来我听说是因为女方有了身孕，不得已只好成婚的。虽然这事不该在小姐面前说。"

"他太太是个怎样的人？"

"这个哦，本官没见过呢。只是敏男兄被征兵的时候……是啊，那时候香奈男被送到养鸡场寄养……啊，不对，敏男兄是志愿兵。"

"志愿兵？"

"对啊。之前一直记错了，但他应该不是被征兵的。刚一开战，敏男兄就……不不不，这样又不对了。我想想，香奈男是昭和十四年上小学的，对吧？开战是……"

"昭和十六年（一九四一）年底。"

"咦，这样的话，就变成香奈男在战争期间也一直在上小学了。这样就奇怪了。看来本官哪里搞错了。至少战争结束以后，香奈男人在养鸡场。本官复员后去探望过他。不，等一下，这样的话，香奈男不是在开战的时候十二岁，而是战争结束的时候十二岁吗？"

池田按住自己的额头。

看来记忆混乱了。

"最好整理一下。"益田说，"和日常生活无关的事，人一般都会忘掉的。但只是没必要想起来而已，其实大部分都是记得的。忘记某些事，也代表记忆没有遭到扭曲。"

池田再次停下脚步：

"这样啊，说的也是呢。我一直有奇怪的错觉。敏男兄说他想报效国家，一开战就志愿从军了。这件事我记得。他到我们家来道别，那时候我觉得他实在太勇敢了。当时本官十九岁，老实说，对从军感到很害怕。"

"才没有人想去打仗呢。"益田说，"我也是，接到征兵的红纸时，都陷入绝望的深渊了。世上没有比自己的性命更重要的东西嘛。"

"噢……那时候，敏男兄请求本官的母亲，说万一他战死沙场，儿子就拜托她照顾了。然后……那个时候他说……对，说他已经跟养鸡场说好了，等儿子小学毕业，就让他去那里工作。"

"他是说**等小学毕业**吗？"

"对……然后我复员后过去一看，香奈男确实在那里。仔细想想，那时候他大概十二岁左右哪。这么说的话，香奈男……"

"最晚也是在敏男先生服兵役以后，就回远内了吧？和母亲两个人一起。"

"和母亲吗……？我没见过他母亲哪。"池田说。

斜坡突然变得陡峭。溪流也是，虽然不到瀑布的程度，但从相当高的地方落下来。是湍流。植物繁茂，遮挡了去路，但溪流前方看起来是开阔的。

"这上面就是远内了。爬得上去吗？"

池田分开藤蔓树枝前行，美由纪忽然大声说："那是裤子吗？是裤子吧？"

多多良整个身体转过去，说："对，是裤子呢！"然后便踩进溪流两三步，捡起钩在岩石上的那条裤子。

多多良这人很不拘小节。

"我就说嘛，看吧，是裤子。啊，腰带断了。这是割断的吧？"

"看不见啦。"

益田退避三舍。

"错不了呢，是那具浮尸的裤子。哎，这下上半身和下半身都被我找到了。"

"那又不是下半身，是裤子，是衣物。而且一开始找到的又不是上半身，是全身。"

益田说着远离多多良。

"那不重要啦，请快点上来吧。万一摔进河里漂走，我可救不了你。"

"这人真爱计较呢。"多多良说着走出溪流，将湿漉漉的裤子往石头上一扔。

"带着也不能怎样吧。"

"既然要丢掉，一开始干脆别捡嘛。"

益田说"这人真是名不虚传"，多多良便愤慨地说"是确认啦，确认"。

"又不是命案现场，只要知道地点就行了啊。就算保留现场也没什么意义。既然裤子在这里，可见是从这上面漂下来的。裤子又不会自己溯溪而上嘛。总而言之，这下就证明了搜索下游的河岸没有意义，白费功夫！"

确实如此。

两人说话的时候，池田继续开路。

"地面不好走哦。不过多少看得出有人走过的痕迹呢。是最近有人经过这里吗？啊，扶着树干走没关系，但藤蔓会断掉，要小心。"

斜坡很陡，但不到悬崖的高度。即使跌落下去，除非姿势太奇怪，否则应该不至于受伤。

水边蕨类丛生，岩石生苔。

树根盘根错节，灌木丛繁茂，攀缘植物缠绕在一起。类似爬山虎的植物朝四方伸出触手。

池田一马当先，先把美由纪拉上去，敦子随后爬上去。

益田手忙脚乱地跟上去。他应该是猜想多多良会掉下去。站在多多良这名巨汉底下太危险了。

不出所料，后方传来老师"啊！"的叫声，以及滑落的声响。

敦子姑且不去在意。

多多良应该已经习惯这种环境了。

爬上陡坡后，视野一片开阔。

但四下是一片草地。

一切全被绿意所覆盖的景观，实在难得一见。

被森林围绕的平地一带，长满了看样子高及敦子腰部的杂草。

也有矮木。但极目所见，全是绿草。

正中央有条河流过。

"远内到了。"池田说。

"呃，这是村子吗？"益田东张西望，"啊，那是建筑物吗？"

左右都有被爬山虎覆盖的东西。已经完全是一团植物了。

"啊，真是惊人。哎呀，这已经没法修复了。"

池田分开草叶前进。

"脚边看不清楚，不过有河流，请小心前进。杂草把河的边界线遮住了，万一失足，会滑进河里的。"

背后再次传来多多良的惨叫声。

是差点摔进河里吧。

"这一带本来全是田地。我的老家……是那里。"

朝池田手指的方向望去，一样有一团绿色的物体。爬山虎并不太密，因为好像有墙壁和玄关，勉强看得出是建筑物，但屋顶杂草茂密。房屋挺大的。

池田对着它望了半晌。

"啊，抱歉。祠堂还要更前面一点。"

他说着往前走去。

"在这条河前面……啊，看到了吗？"

绿色向上隆起。

就仿佛一片被绿意所覆盖的高墙。

"那座悬崖爬不上去呢。然后，喏，那个洞……"

那……不是湖。从大小来看，确实是池塘。

绿色的圆圈内侧渐渐阴暗，形成黝黑光亮的浑圆平面。也许是因为比较的对象只有植物，让人陷入一种看着巨大湖泊的迷你模型的错觉。实际上并不怎么大，目测约有五坪（约十七平方米），但感觉相当深。

池子的三分之一，嵌进了凹陷的崖壁当中。

洞里没有植物生长。

还是太黑了看不见？

那里一定就是这条溪流的起点。涌出的水朝正面拉出一条线。

这就是池田所说的东水——敦子一行人溯溪而来的溪流。涌水在左边似乎也形成了一条水流，那就是西水吧。

水看上去极为清澈。

池子深处，洞窟里有疑似祠堂的物体。

"那就是龙王池。看得到祠堂吗？"

"祠堂……"

过不去。

被池塘挡住了。

"就像你们看到的，这座龙王池和那个洞窟差不多同宽。虽然是座小池子，但涌水量相当多，得准备小舟之类的工具，才能去到祠堂。规定是不可以进去的，所以我从来没有看过里头有什么……"

"啊……！"

从最末尾冲到最前头的多多良眯起眼镜后方的眼睛，嘴巴张了开来。

"是祠堂。"

"是啊,虽然过不去。"

"可以游过去吧?"

"嗯,水相当深,但池子不大。或许是有办法游到对面那里吧。可是这是禁池,不可以进去的。"益田说。

"又没有人会骂。"

多多良这个人,有时让人搞不懂到底是虔诚还是毫无信仰。即使显然是迷信的事,他也会主张那是当地的文化,应该予以保护、保存。但另一方面,他又会满不在乎地践踏禁忌。因为不是当地人,有自己是外人的自觉,所以也没有那类束缚吗……?

"我可不要。"益田说。

又没人叫益田去。

"我是旱鸭子,可不想涉险,也不想搞得全身湿答答的。我这辈子只去过湘南的海边玩水而已呢,而且那也是……"

"川濑家在哪里?"敦子问。

比起祠堂,更重要的是现在正在进行的事件。

"噢,上川濑家是那边……"

池田指向右侧。

"里面那里。下川濑是那里。"

池子左侧。

有个建筑物。

或许称不上大宅,但相当大。而且和其他人家不同,依然保留着房屋的外形。虽然屋顶一样杂草丛生,但墙壁、柱子和门都很完整。只是过于融入风景，让人一时无法意识到那是房屋。

"上下川濑家就在池子的左右。我听说川濑家原本就是负责管理祠堂，是祠堂的……那叫堂守吗？是这样的职位。"

"是神官吗？"多多良出声问。

"不不不，应该不是神主那些吧。是堂守。我记得他们会供奉和打扫……直到大正时代以前，好像有条小舟，是用来前往祠堂进行维护的。听说本官小时候也有，但我没有印象呢。"

池田往前走去。

"江户时代，整个村落似乎起码有十五户左右，但更早以前怎么样就不知道了。我听说村人迁到这里，是源平会战[1]的时代，或建武新政[2]的时代……不过，据说上下川濑家代代都担任堂守的职位。池田家好像是负责田地。"

"所以才姓池田吗？"美由纪问，"池子的田地嘛。"

益田质疑："有那么单纯吗？"但池田说"应该就是"。

"姓氏是从明治时期才开始有的，在那之前平民没有姓，就算有，我也不知道是被怎么称呼。"

下川濑家的正前方有溪流——西水横切而过，上面架了座小桥。看上去有些腐朽，但感觉很坚固。

"这条西水流向久我原，西水沿岸有更像样一点的路，马匹也能通行。是这个村落通往山脚的唯一一条路。村口有一户水口

---

1 源平会战，日本平安时代末年，治承四年（一一八〇）至文治一年（一一八五）的全国性内乱，平氏与源氏两政权相争。

2 建武新政，日本南朝元弘三年／北朝正庆二年（一三三三），后醍醐天皇打倒镰仓幕府，返回京都重新即位，次年改元"建武"，随后施行的新政，亦称"建武中兴"。

家，和山脚下村庄的交流、买卖，似乎主要由水口家负责。不过这都是明治维新前的事了，本官住在这里的时候，每户人家都下山工作……"

来到下川濑家前面了。

"这户人家……还可以住人呢。"美由纪说。

"倒不如说，直到最近都有人住吧？"益田接话说，"有人进出的痕迹。"

"不。"敦子说，"现在也有人住。或者说……大概……"

有人。

"里面有人。"

敦子就要伸手开门，池田条件反射性地制止：

"让本官来。就怕有什么万一。"

池田要求众人后退，自己则靠近建筑物，敲了敲门。

"有人在家吗？香奈男，你在里面吗？你还记得我吗？我是以前住在远内这里的池田叔叔，你爸爸的朋友。喏，我们以前在山下的养鸡场见过吧？"

有人的动静。

池田回头看了敦子一眼，接着大声说："我要开门啰。"门毫不费力地打开了。

屋内很暗。

"香奈男，你在里面吗？"

有东西活动的声音。

不久后，细蚊般的声音传来："在。"

"香奈男吗？我可以进去吗？"

"就算叫你回去，你也不会照做吧。而且你应该是来办公差的。"

"呃，这算公差吗？一半一半吧。"

好怀念啊——池田说着，踏进屋内。

"我们家已经整个荒废了。"

"那当然了。每个人都抛下这里离开了。一旦被抛弃，就成了垃圾，再也没法使用了。"

"或……许吧，但是这里……"

"这里有人住。"声音——香奈男说。

"有人住……"

"你还带了其他警察过来吗？是来抓我的吗？我不会反抗。可是我……我什么都没做。"香奈男说。

"不是啦。跟我一起来的……你自己看，不是警察啦。"

敦子踏进屋内。接着是美由纪、益田，最后多多良进来了。

"他们是谁？"

"我是研究家。"多多良说，"还有编辑、女学生和侦探。"

"莫名其妙。"

香奈男好像轻笑起来。

"不管这个，香奈男，你说有人住，是你住在这里吗？难道……"

"我是住在这里啊。**一直都住在这里**。"

"一直？可是你不是在大多喜出生的吗？你妈是大多喜人吧？"

"大多喜我完全不记得了。"香奈男应道，"直到两三岁……好像还勉强住在那里，但我没什么印象了。"

被赶出来了——香奈男说。

"池田叔叔倒好像没事。"

"没事？"

"远内的人遭人厌恶。那怎么说？是叫污秽吗？尤其是川濑家，好像尤其被人瞧不起。"

池田露出悲伤的表情。

"我妈说，人家也都说我是耍猴人的孩子、河童的孩子。明明我们家没养猴子，我也从来没见过什么河童，却遭人欺侮。所以我对那里没有记忆。我爸也没法找到正经工作，我妈也被娘家断绝了关系。没工作，就付不起房租。但住在这里不用钱。"

"呃，那样的话……你们不是住在总元村，而是回到这里了吗？在所有的人都迁出去以后吗？"

唉……池田深深叹息。

"敏男兄什么都没说。"

"他才不会说吧。大户和三又一带的人还算好……倒不如说，那里离这里很近，却好像不清楚远内是个怎样的地方。和久我原那里的人，好像也本来就有交流。山中乡的村子的话，好像还待得下去，只是我爸似乎不想住在那里。可是呢，大一点的村子，没一处容得下我们。那里的人都厌恶我们。我爸是说，应该是以前巡回过那些地方吧。"

"巡回过？"

"为马厩被禊，对吧？"多多良说，"让猴子舞蹈，被除马厩的邪气。耍猴在现代只被当成一门技艺，但是在过去，是负起这类职责的宗教人士。不过就如同过去其他的民间宗教人士，嗯，遭到歧视。”

"歧视？完全没错。"香奈男笑道，"我们的确是被歧视。"

"可是呃，本官从来没摸过什么猴子啊。"

"我和我爸也是啊。那个人说的那个什么，好像到我曾祖父那一代都还在做吧。总元是许多小群落形成的村子，所以我们祖先多半是去大村庄，挨家挨户表演讨赏钱。大村子就有大户人家，家里养着马。再说，我听说会做那个什么耍猴的，就只有川濑家，其他的远内人不会。"

多多良低吟起来。

"大多喜那一带，好像是我们主动过去的，但是附近的村子，似乎反而是来这里来祈雨，所以对我们态度比较好。虽然还是嫌我们低贱啦。但我可以上小学，也交到了朋友。"

"稻场麻佑小姐说她来过这里。"美由纪说。

"噢，麻佑吗？校长的外孙女，对吧？那位校长是个了不起的人，他不仅说那种迷信陋习不可取，绝对不能以出身歧视一个人，让我入学，还多方照顾我。他好像也叫麻佑要一视同仁地对待我。可是那女生来过这里一次……后来就不怎么跟我说话了。"

"那位校长是个了不起的好人。"

"可是那时候我爸一副嫌校长的好意是一种麻烦的样子。"

"呃，你也不知道你爸是不是真的嫌麻烦吧……"

"因为我爸坚持说那才不是什么迷信。"

香奈男这么说。

敦子的眼睛熟悉了黑暗，总算开始看见声音的主人。青年坐在地炉后面。

"我爸反而是拿迷信当挡箭牌,瞧不起身边的人。他相信我们家原本是贵人出身,说我们是在京城里负责照顾马厩的一族的后裔。唉,我想他应该也只有这一点能拿来说说了吧。如果把传说全部当成迷信、谎言,就必须连这些骄傲也一起丢掉了。我爸应该就是不想要这样吧。"

"呃,那么敏男兄是从这里下到村子去做生意吗?他也来过我们家几次……"

"都是远内的老乡,我爸对叔叔觉得亲近啊。"香奈男说,"应该是感到怀念吧。"

"这么说来,上川濑家和你爷爷他们怎么样了?"

"我爷爷应该是在池田叔叔家离开后死掉的。我几乎不记得他。他应该从来没有去过大多喜。上川濑家的人我则是从来没有见过。"

"这样啊。原来是这样啊。"池田说道,总算在地板框坐了下来。

"那,敏男兄出征后,你一直和你妈两个人在这里相依为命吗?我听说你妈在战时过世了……"

"我妈一下子就死了。"

"一下子就死了……?"

"我爸刚加入军队,我妈就死了。我们家太穷了,一定是营养不良吧。她什么也没吃,或许是饿死的。所以我一直是一个人。"

"可是那个时候……你还是小学生吧?"

"是啊。"

"什么是啊……你怎么不找校长求助?他的话,一定会伸出援手啊！"

"我没有告诉任何人。"香奈男说，"噢，我只告诉跟我爸要好的养鸡场叔叔。不过那也是很后来的事了。但我没有告诉其他人。我没有人可以说。"

"可是那样的话……开战那时候，你不是才八九岁而已吗？还那么小吧？在这种地方，你一个人怎么有办法活下去？"

"出乎意料，能活下来哦。"香奈男答道，"放学以后，我就下到久我原那里，偷田里的作物吃，有时候也会真的偷东西。真的过不下去了，就去养鸡场，请叔叔照顾我。"

"你就这样糊口过日子吗？"

"对。我爸也是半斤八两啊。我爸卖的膏药，是拿远内这里生长的草还是果实当原料做的。我不知道有没有效，但根本卖不出去。"

香奈男望向屋里头。是在看父亲的残影吗？

"所以我爸一定也干了跟我一样的事吧，四处行窃。所以我在学校被人讨厌，不是因为我是远内的人，而是因为我很脏。衣服破破烂烂，根本没洗澡。我妈还活着的时候，我多少还干净一些，但还是又脏又臭。麻佑居然愿意跟我一起来这里，我实在很佩服。"

"啊……"池田挤出声音似的说，"我太疏忽了。身为村子的警察，居然完全没发现。但是敏男兄怎么就不肯跟我说一声呢？我的话，应该多少帮得上忙……"

"他是要面子啦。"香奈男说，"或者也不是面子？和拒绝校长援助是一样的理由吧。"

"但、但我是他的老乡啊。"

"就因为是老乡啊。"

"为什么？我们算是同族吧？"

"好像不是哦。池田叔叔家本来一定是川濑家的仆从。能清理马厩、祈雨的，都只有川濑家，也就是说，川濑家才是远内的主人，除此之外的远内人……如果用武士来比喻，就是家臣。"

"拉不下脸向家臣求助吗？"

池田露出落寞的神情。

"所以对我爸来说，之前的那场战争是特别的。我爸说，他要为陛下而死。"

"陛、陛下！"

池田全身僵硬。

香奈男慢慢地指向自己的正上方。

香奈男背后有一座巨大得不必要的祭坛或佛坛，上面挂着天皇的照片。

"我爸说，身为自上古以来就在宫中清理马匹的一族的后裔，诚惶诚恐，只要陛下希望，为陛下出生入死，是理所当然的事。他只能在这当中找到人生的光明。"

昏暗的屋中，挂在更加昏暗的上方的那幅肖像，即使知道那是什么，却几乎无法辨别。

香奈男仰望着它："这玩意儿也不晓得是从哪里拿来的。学校里也有挂，所以应该到处都有吧。总之，我爸早晚都会膜拜这玩意儿。我也被逼着拜。唉，我爸这个人不晓得哪个地方僵化了。"

我们一直赤贫如洗——香奈男笑道。

"所以就算我爸没有离家，我妈没死，生活应该还是差不多就那个样子，所以我并不觉得有什么。毕竟我……人还活着嘛。"

"过去就点到为止吧。"益田说，"我这个人怎么说，信奉轻佻浮薄，那种内容听了实在难受。"

虽然是和平常一样的打哈哈语调，但益田的神情很阴沉。香奈男哼笑：

"我没办法谈未来啊。明天的事，我从来都不曾想过。我有的就只有乏味的过去。倒是……几位来是有什么事？"

"啊，我是为了那个，七年前的宝石。"益田说。

"噢。"香奈男应道，交换盘腿而坐的脚，"侦探先生是在追查我爸以前犯下的罪行吗？"

"也不是这样啦。"益田说着蜷起背来。

"没关系，我说给你听。"香奈男说，"不过我能说的，也只有我知道的事而已。就是，我爸虽然雄心万丈地出征了……但没有为陛下光荣殉身。"

而且战争还打输了，不是吗？——不知为何，香奈男愉快地说。

"老实说，战争的事我不是很懂。那时候我还小，而且这里没有广播，也没有报纸。战况渐渐失利以后，我也没去上学了。所以，嗯，那时候我大概刚过十岁吧。就只是个流浪儿童。连小学都没毕业。某天我去养鸡场，叔叔告诉我战争已经结束了，我也完全没有真实感。叔叔叫我在他那里工作，所以我就照他说的做。"

"我一复员，不是立刻去养鸡场找你吗？因为敏男兄把你托付给我们家。但那时候你看起来很正常。"

"我记得。"香奈男说，"是啊，我总是很正常。然后……大概是战败后第二年吧，在池田叔叔来找我之前，我爸回来了。他对我说，接下来……"

我要回报大恩……

"我爸这么说。"

"报恩？向谁报恩？养鸡场的叔叔吗？"益田问，香奈男再次指向上方。

"咦？"

"是这位。明明战争让他吃了那么多苦头，我爸却一点都没变。像我就会质疑，到底是为准而战、是谁决定输赢的，但我爸不一样。虽然应该也有很多复杂的事，不过我想应该不会错……就是这个人害的。"香奈男指着天皇肖像说。

说到战争责任，其意义会因立场和见解而有重大的不同。敦子认为，法律责任、政治责任、伦理责任应该分开来看，从这个意义来说，并没有一个广义的战争责任——倘若有，那或许必须扩及到每一个国民身上——存在的只是有多个狭义的战争责任重叠在一起。

正因为如此，关于皇室的责任，意见出现了重大分歧。不，感觉议论这一点本身就是一种禁忌。虽然有不少人对此发言，但应该没有发展成建设性的讨论。提出来之后，不是遭到漠视，就是被封杀，或是被攻击——有这种印象。

有段时期，敦子也对此进行了严肃的思考，但结果无法和任何人讨论，也无法得出结论。

"我爸他，"香奈男继续说下去，"复员之后，在这里待了一星期左右。虽然他完全没有说战败让人不甘心之类的话，但是对于要求陛下退位的论调——那时候好像也有人这样主张，我是不知道啦——我爸对这些论调愤愤不平，所以……"

"才说要报恩吗？"益田说。

"对。我奇怪他在说什么，结果是在说皇室赐给军方的宝石什么的流落黑市的传闻。我爸对这件事非常愤怒，说简直是大不敬，他要取回宝石，归还给陛下。"

"居然是真的。"多多良傻了，"那是什么样的计划？有什么奇招奇计吗？"

"应该……就只是去抢回来而已。"香奈男说。

"只是去抢回来？当强盗吗？"

"八成吧。说是以前跟他同一个部队的人接到委托，负责从掮客手中把东西送过去——那个人就是久保田先生。你们知道久保田先生吧？"

"没有见过。"益田说，"而且他已经死了。"

"久保田先生是个好人。"香奈男说。

没错。

久保田的行动……让敦子至今摸不着头脑。

"我爸说，同部队的三个人，再加上两个人，一起动手……同部队的另一个人是龟山，后来参加的是广田，还有……"

菅原吗？

"没错。"香奈男说，"噢，我爸好像在复员船上搞坏了身体，复员之后，在东京的医院还是伤病兵疗养所躺了一段时间，有可能是得了疟疾。他说那时候久保田先生去看过他。不过后来我听久保田先生本人说，当时他承揽黑道什么的工作，手头相当阔绰，所以买了香蕉什么的去给我爸。"

"久保田承揽的工作，是帮忙变卖隐匿物资吗？"

"说是承揽，他说也只是把东西搬到指定地点而已。然后他说现在手上都是些小案子，但半年后有一笔大的，邀我爸说等他出院以后，要不要一起帮忙？还说每个人能拿到的工资相当不少。"

"他说的那笔大的，就是皇室的宝石？"

香奈男抬头仰望了一下，说："结果我爸生气了。"

"久保田先生说，我爸一开始似乎兴致勃勃，但一发现和皇室有关，顿时气得面红耳赤，勃然大怒，说居然敢拿皇家的宝物中饱私囊，他绝对不能坐视不理……所以，是啊，始作俑者是我爸。"

"始作俑者……？"

"因为，这可是去抢黑道手上的东西呢，一般根本不可能有胆动这种念头。太危险了，有几条命都不够用。根本不划算。除非有什么天大的理由。"

"是啊。这是打劫私卖品嘛，根本是在虎口换珍珠。"益田说。

"就是吧？但我爸有理由去冒这个险。我爸对陛下无比崇敬，对他来说，居然把皇家赐予军方、要造福国家的宝物拿去变卖换钱，是罪该万死的大罪吧。"

"不能报警吗？"美由纪提出非常合理的意见。

"那时候是美军占领期间啊。我爸认为就算东西被警方扣押，也会直接落入 GHQ 手里。"

事实上变成这样的可能性……不能说没有。

"如此这般，在我爸的提议下，他们几个策划要抢夺宝石……这就是原委。但每个人似乎都各怀鬼胎。久保田先生好像想得很简单，像是归还宝石没关系，但希望能拿到一笔报酬，或是起码私吞个一颗。龟山应该也差不多。问题是最后加入的……"

"河童广田和……菅原，是吗？"

"我不是很清楚他们每个人的来历。"香奈男说，"不过龟山和广田感觉都不是坏人，街坊对他们的风评也不错。但广田这个人不管是对日本还是美国……倒不如说，他对战争本身恨之入骨，所以好像反对归还皇室。久保田先生告诉我，广田说就算给他几千万日元补偿都不够，他要把被夺走的东西全部抢回来。"

"广田因为原子弹轰炸，家人亲戚都死光了。"益田语气阴沉地说，"唉，心上开出来的大洞，再多金钱都没办法弥补的。"

"这样啊。"香奈男说，"我是因为原子金枪鱼丢了饭碗。那些原子弹氢弹的，爆炸了到底对谁有好处？"

"没有人。"益田语调平板地说，"那种东西只能拿来吓唬人，不能真的拿来用。用了到底会死多少人？所以只能恐吓说要投了、要投了。不过为了恐吓，必须先让全世界知道它的威力有多可怕，一定是的，所以才投了几颗吧。为了这种理由，害死那么多人，教人怎么能够接受？过世的人也死不瞑目。简直太荒唐了。"

"真是棘手呢。"香奈男说，"但不管是什么样的悲痛，最后也只能换算成金钱补偿了。我想每个人都是这么做的。死人不会复生，广田应该也是这么想的。所以，那个叫菅原的好像打算抢到宝石就全数变卖。这主意我爸绝对不可能同意。因为这等于是去做自己最厌恶的行为。”

应该是吧。

“但是那个叫菅原的，似乎是抢夺宝石行动实质上的总司令。这也是没办法的事，其余四人都是普通人嘛。久保田先生说，要是少了菅原，绝对不可能成事。但不管讨论多少次，好像都谈不出个结果来。因为每个人想要的都不一样。虽然除了我爸以外，其他四人都能彼此妥协。”

在仲村屋三番两次的聚会，就是在讨论妥协方案吧。

川濑很少参加，是因为只有他一个人坚持要物归原主吗？

既然他知情——倒不如说，他就是发起人，不可能把他排除，但如果川濑在场，计划不可能有进展，所以其他四人决定讨论好计划之后，再把他找来吗？

“可是，”香奈男语气有些自嘲地接着说，“不管怎么样，都得先把宝石抢到手再说吧？所以久保田先生说，他们决定先成功抢到宝石，再来决定如何处置。”

“可是香奈男，敏男兄好像对养鸡场老板说有大赚一笔的机会，他应该也是在盘算要拿去换钱吧？”池田问。

香奈男说：“那是养鸡场叔叔的解读吧。问题是对一个人来说，最重要的是什么。对养鸡场叔叔来说，应该是金钱。毕竟过日子最重要。一般都是这样的。所以听到我爸有个要舍身去做的重要任务，也会解读成是赚大钱的机会。但我爸不是。名誉……不对，忠诚那些……也不是，我不太会说，是啊，不管怎么样……"

都是自我满足——香奈男说。

"现在想想，我爸回到这里来，应该是动手前一刻吧。我爸说，日本会输，是因为他们奉献得不够；还说他能活着回来，都是因为陛下的英明决断，所以他必须补偿、报答这份大恩……他那时候非常亢奋。看在养鸡场叔叔眼中，一定是觉得他遇上了大赚一笔的机会吧。然后……"

他们真的动手了——香奈男说完，笑了。

"到底是怎样的计划，细节我完全不知道。久保田先生也完全没有透露。那种事就算听说了也不能怎样，所以我也完全没问。不过，总之他们行动了，而且……似乎成功了。"

"他们真的抢到宝石了呢。"

"好像是呢。不过，说是百分之百完全成功了吗？倒也不是。接下来的事是久保田先生告诉我的，他说先是他被抓了。"

"被抓了？"益田惊呼，"那不是命在旦夕吗？"

"久保田先生也说，当时他心想，好不容易在战争中幸存，捡回一条命，却要就此一命呜呼了吗？但他还是不想死，所以从头到尾装傻，坚称他毫不知情，但接下运货任务的是久保田先生，找人帮忙的也是他，所以他被迫负起责任。"

"咦？"

"嗯。说是手指不够赔，把整只手……"

"砍断了吗？"美由纪惊叫。

"以示负责吗？"益田则是声音走调地怪叫，"太冷血了。不愧是黑道作风。原来那只手是赔给黑道的啊。"

"不知道，我是乡巴佬，不懂黑道的那些**规矩**，不过就是这样吧。"

"呃，一般是切小指啊。"益田竖起小指说，"嗯，我是听说过每犯下什么错，就依序切断一根手指……可是居然直接砍掉一只手哦？天哪，不过交易金额很惊人嘛。这是我的猜想，黑道本来应该计划要把宝石卖到国外去吧。那样的话，嗯，感觉就算赔上一条命，也是没办法的事呢，既然对方是黑道的话。啊，可是久保田先生算是平民百姓吗？又没有加入黑道……哎呀，所以才砍断一只手吗？"

"他是这么说的。所以后来其他伙伴怎么样了、宝石流落何方，久保田先生都**完全不知情**。"

"噢……"

"我无法想象他们的计划内容，不过行动是在深夜，而且好像是在海里、河里还是湖里这类地方进行。好像也用了小船。因为久保田先生说大家是**游泳**逃走的。"

"所以广田才会被找来吗？他好像对自己的泳技颇为自豪。"

"噢，那或许是这样吧。我爸也很熟悉水性，其他人应该也是。我不清楚详情，不过计划好像很粗糙，类似在小船上抢走装宝石的盒子……接下来各自往四面八方游泳逃走。"

"好单纯的计划。"

"就是啊，一定是的。"香奈男说。

敦子也觉得这应该算是单纯。

如果一开始的动机是川濑敏男要回报天恩，那么也不可能准备什么精巧的诈骗计划。

而且决定动手后，感觉也不像是研究过计划内容。他们确实多次密会商议，但讨论的主要应该是抢到宝石以后的事——利益分配问题。从他们没让川濑敏男参加讨论这一点，也可以轻易想象。

久保田说少了菅原，计划就无法成立，想来应该是指偷到宝石以后的销赃渠道吧。一般人没有门路变卖偷来的宝石。

久保田和龟山也是，既然都舍命参加了，应该也想要分一杯羹；即使归还宝石，也不可能甘愿完全不求回报。广田甚至反对归还。

菅原的态度则是可想而知。

从这个意义来看，或许可以说，川濑敏男从一开始就被伙伴摆了一道。

香奈男继续说下去：

"最早的计划中，久保田先生只是引路，只有他一个人留在船上。因为只有他一个人的身份被黑道掌握，而且就算一起游泳逃走，迟早也得上岸，不可能逃得掉。既然如此，干脆留下来，装作毫不知情……是这样的计划。这样应该也比较容易装傻，也能够拖住黑道的行动什么的。他说事后再拿他那一份就行了。"

"不不不，他就是因为这样被抓了吧？因为暴露了。"

"好像不是那样的。"香奈男说，"久保田先生说，他认为黑道相当信任他，所以只要照计划行事，自己不会有事。没想到实际动手的时候，同伴当中有人把他推进了水里。"

"推进海里吗？"

"不清楚是海还是湖。可是这么一来，就只好逃命了，对吧？而且那场面看起来应该也像是他和抢匪一起跳水逃离。"

"被当成同伙了吗？"益田甩动刘海，"嗯，遇上这种情形，换成我会怎么做呢？假装溺水……不，猴戏两三下就会被拆穿了。大喊抢劫……也不行吗？久保田先生好像骨子里是个老实人，不可能马上就倒戈黑帮嘛。而且不管怎么样都得负责。还是能开溜吗？"

"就是说呢。总之，遇到这意料之外的状况，久保田先生虽然完全不晓得是怎么一回事，但心想既然演变成这样，也只有逃命一条路了。没想到他正要游走，一样又遭到同伴之一攻击，害他没法游下去，差点溺死，这时候被黑道逮住了。"

"遭到攻击？"

"他是这么说的。"

"为什么同伴要攻击他？"美由纪问益田，"更重要的是，为什么要把他推下水？计划无法成功，有什么好处吗？"

"不是的，美由纪，那个……"益田说，"不是想让久保田死吗？"

"什么？"

"久保田先生的长相和身份都被黑道掌握了，所以万一他被逮到是共犯，不可能逃得掉，弄个不好，他也有可能倒戈黑道。他有可能为了保命而出卖同伴啊。所以一定是早就计划好让他引路，然后找机会把他做掉灭口。"

"他们一开始就打算杀了他吗？"香奈男平静地说。

"那当然啦！"益田夸张地说，"要不然让他活着被黑道抓去，岂不是更危险？久保田先生可是知道他们每一个人的底细呢。所以是怀着杀意把他推下水，怀着杀意攻击他的。不知道是谁干的好事吗？"

"好像不知道。当时是晚上，应该很暗，又是在水中。不过，他说刹那间他瞥见了。"

"瞥见什么？"

"刺青。"香奈男说，"应该是被狠狠地撞了一下，久保田先生差点昏厥过去，在失去意识的前一刻，他借着月光，看见一团屁股'哗啦'一声潜进水里。那屁股上……"

"宝珠！"多多良简短地说，"有宝珠，对吧？"

"嗯，久保田先生说是右边屁股。不过第一次听到的时候，我不知道宝珠是什么，后来看到图画，才大概明白了。"

"虽然叫珠，但其实尖尖的，对吧，就像栗子。"多多良说。

"我完全不知道宝珠是什么。"美由纪说。

"不知道！怎么会不知道！宝珠在梵文中叫作震多末尼，也就是如意宝珠。是能实现心愿的灵验宝珠。那是地藏菩萨……"

"现在不用讲这些啦。"益田打断多多良的饶舌。

"久保田先生说他看到了那宝珠。"香奈男说，"虽然不清楚攻击的人对久保田先生有没有杀意，总之即将失去意识的久保田先生在溺死前一刻，就这样落入黑道手里了。"

"简直烂透了嘛。"益田说，"绝对会全盘托出的。黑道的拷问很恐怖的。而且又牵扯上那么一大笔钱。要是我的话，不用他们开口，我就会直接全招了，然后豁出去求他们饶我一命。"

"久保田先生说他一个字也没说。"

"什么？因为他是个好人吗？"

"不是的。他说他认为万一被发现自己也参与其中，绝对会被宰掉。要是供出同伙的名字或住处，一定会有人被抓。这样一来，伙伴就会认定是久保田先生背叛了，也不会保他，只会添油加醋，把罪全推到他身上。那样一来，就算宝石回到黑道手里，久保田先生也……"

"是啦，或许会被埋到什么地方，或是丢进某处海里。不，可是那样的话，他的手呢？他不是装傻装到底了吗？可是他的手不是被砍下来负责了吗？"

"就是，那是为了他雇用那种来路不明的家伙负责。"

"原来是这样？"

"是的。久保田先生即使遭到拷问，也坚称与他无关。但毕竟还是有引狼入室的责任，所以被砍断惯用手，囚禁在某处，直到血止住，然后赶出去。黑道告诉他小命还在，就该谢天谢地了。所以如果久保田先生招出来的话，应该已经没命了。因此他整个人失魂落魄，从东京逃回了老窝铫子。"

也就是说——宝石被剩下的四人当中的某人拿走了吗？

久保田好像对三芳说宝石被私吞了，若是这么回事，就能够理解了。说要取回宝石，物归原主的奇特说法，原本也是川濑的主张。

还有，这也表示久保田真的不知道刺青男是谁了？

"那你呢？"池田问。

"我吗？我一直在等我爸。他叫我不要再回远内了，所以我一直待在养鸡场。我爸跟叔叔说他去个十天就回来，但大半年都过去了，也没见到他的人影。但又不知道他去了哪里，所以也没法找他。所以我暂时回到这个家……"

说到这里，香奈男暂时打住。

接着他望向开着的门口。

"……回来一看，好像有人来过。门开着。我心想，要是有人来，就只有我爸了，所以以为他回来了，等了他一阵子，但是不管再怎么等，都没有等到他，没办法，只好离开远内，也没回养鸡场……"

香奈男再次打住。

"……我去了千叶，四处换工作……不晓得过了几年，被一位叫江尻的先生收留，他雇我在公司当书生[1]，其实也就是打杂的。结果久保田先生也在那里。这完全是巧合。久保田先生得知我是川濑敏男的儿子，相当惊讶。"

香奈男起身，慢慢地站了起来。

"宝石怎么样了？"美由纪问。

益田接过话头说："噢，对啊，这才是重点。关于这件事，久保田先生……"

"宝石——"

香奈男格外大声地说，就像要打断益田的话。

"宝石我爸带回来了。带回这里来了。"

"这、这里？"

"没错。我爸逃离黑道的追杀后，好像和谁起了争执，受了重伤。应该是挨刀了还是怎样吧。不，他是挨刀了。"

1　明治、大正时期，称寄住在别人家中的工读生为书生。

"你怎么知道？"

"留下了一些血迹。喏，那边的地板、那边的地面，还有那座桥上。所以一定是受伤了。但他没有包扎治疗，挣扎着回到这里，就这样死了。"

"死了……尸体呢？总不可能什么都没有吧？"

"我爸为了避免宝石被人发现，**连同自己的尸体一起藏起来了**。"

"人没办法把自己的尸体藏起来。"多多良说，"不可能的，人都死掉了。"

"当然是趁还活着的时候移动。比起包扎伤口、比起自己的性命……"

他选择了对陛下的忠诚——香奈男说。

"我不知道我爸是从哪里逃过来的，但回到出生的故乡远内这里，他应该察觉自己死期将至了吧。但可能会有人追着他过来。万一那样，一旦自己断气，宝石绝对会被抢走，遭到变卖。所以……他趁着还有一口气在，躲藏起来。"

"躲、躲藏在哪里？"

益田东张西望。

"龙王池的池底。"

"池……池底？"

"对。祠堂正下方有个横穴，宝石就在横穴里。现在也在那里……"

"现在也在？"

"就是这么回事，菅原！"香奈男大声说道，"你听见了吗，菅原？"

一道影子遮挡了门口。

"啊，听见了。"

是个浑身肌肉、眼神不善的男子。

池田站了起来。

益田跳起来，躲到多多良背后。

多多良不动如山。

美由纪也僵住了。

这个人就是菅原吗？

"怎么这么大阵仗？"菅原说，"喂喂喂，居然还有警察？哎哟，警察先生，我可啥都还没做，你可不能抓我啊。喂，你，你就是那个川濑的……儿子吗？"

"我叫香奈男。"

菅原冷哼一声："你早就料到我会来？我问你一件事……你明知道有宝石，为什么不拿？"

"我对宝石没兴趣。"香奈男说。

"你对钱没兴趣吗？"

"也不是没兴趣，我不知道钱能做什么。因为我一直过得一贫如洗。宝石是吗？就算得到那种东西，我既没办法拿去换钱，也没那种脑袋。就算能换钱，也不晓得那些钱要怎么花。"

"哼！这么清心寡欲。"菅原不屑地说，"你那个老爸啊，无论如何就是要把钻石还给皇室，怎么说也不听。这样也行吗？你不想继承你爸的遗志吗？"

"不想。"香奈男当下回答，"我是被那种父亲养大的，所以多多少少……"

香奈男稍稍望向后方。

"陛下是吗？多少觉得陛下是尊贵的人物，也有敬仰的心情。可是，报纸还是什么，不是登了他跟美国那个叫什么的司令官站在一起的照片吗？看到那张照片的时候，我忽然觉得一切都无所谓了。陛下一定是个了不起的人、是个尊贵的人，可也就是个人嘛。站在他旁边的外国人一副不可一世的模样。我觉得为了那种人送命，实在很蠢。"

"你比你老爸明理多了。"菅原笑道，"要是你爸有你这么明理，现在我跟你都是锦衣玉食的大富翁了。唉，过去的事了，再提也没用。这样啊，宝石在那座池子底下啊。"

菅原回望后方。

不知不觉间，蝉鸣笼罩四方。

或许一直在响，但敦子完全没有意识到，就仿佛突然间鸣叫起来一般。

"对了，还有一件事，久保田和广田，还有龟山吗？他们怎么会死了？我……一直以为是你杀的。"

"我要怎么杀？不关我的事。我真的什么都没做。他们只是单纯溺死吧？应该是想得太简单了。那座池子又小又清澈，所以会让人误以为比实际上要浅。他们好像毫无准备，就直接跳进池子里了。连衣服也没脱。可能以为跟公园的池塘没两样吧。可是那座池子比看上去的深太多了。脚碰不到底，水又不停地涌出来，还会往外冲，非常危险。"

"原来如此。那好吧。"菅原说道，倒退着离开门口，"也就是说，他们几个是为了拿到池底的宝石，失手溺毙了，是吧？"

应该就是这样，但……

"是啦，不管泳技再怎么高明，说到潜水，又是另外一回事了。游得快和游得久，完全是两码子事。遗憾的是，我从小就特别擅长潜水，应该有办法拿到。要是我拿到了……表示我可以拿走吧？"

"呃，喂，你……"

池田往前一步。

"哟，警察先生，我不是说了，我什么都还没做吗？"

"不，等一下，对了，七、七年前……"

"要追究那件事，先抓到那伙私卖物资的家伙再说吧。他们才是罪大恶极。况且，又没有证据证明我就是抢走宝石的人。只是那个小鬼那样说，而且还是听来的，没有半个证人。光凭他的说辞，没办法抓我吧？"

菅原面对着这里，人移动到桥上。

"好了，你们就暂时待在那里，乖乖地别动啊。我呢……事情办完马上消失。要是轻举妄动，小心后悔莫及。"

"喂！"

菅原脱下圆领衫，裤子也脱了，只剩下兜裆布。他打算跳进池子吧。

"等一下！"

敦子……出声制止。

只能制止了。

香奈男在**撒谎**。

"干吗啊，小姐？你该不会要说你先下吧？要是这样，我倒可以在一旁欣赏。"

"不是的。那里……应该**没有**宝石。"

"什么？"

"对吧，香奈男先生？"

"少在那里唬人了。"菅原说，"就算想要乱掰一通拖延时间，也不会有援兵过来。就算来了，也不能怎样。"

菅原转身过桥，走到池畔。

臀部——有刺青。

只有线条，没有上色。

是上方尖尖的珠子。

周围还画了火焰般的图案。

"菅原先生，下水的话……会没命的。"敦子说，"那里……是禁忌的池塘。"

"禁忌？什么跟什么？你是说这池子会作祟吗？哈，笑死人。怎样，难不成这里头有河童吗？太扯了。"

菅原瞥了敦子一眼，深深吸了一口气……

纵身入池。

"菅原先生！"

池田和美由纪跑了过去。

多多良和益田也奔出屋子。

香奈男转向敦子说：

"我不知道你是哪位，但你为什么要阻止他？随他去就好了啊。我不知道那些宝石属于谁、有什么样的价值，但那种东西，就只是漂亮的石头吧？谁想要就拿去啊。就算物归原主也没有意义。要是原主生活困顿，那另当别论，但原主是不愁吃穿的皇室吧？既然都来到这种鬼地方，不惜下水也想得到的话……"

"可是……"

宝石不在池子里吧？——敦子说。

"香奈男先生，你……是直到最近，才从久保田先生那里得知你父亲的死讯吧？"

"就算是，又怎么样？"

香奈男跨过地炉，走到前面。

虽然仍带有几分稚气，但他应该已经二十一岁了。

"久保田先生早就知道川濑敏男先生——你父亲在七年前过世的事。也就是说，久保田先生知道……带着宝石逃亡的也是你父亲吗？"

"不，不是这样。他应该完全不知道宝石的下落。找到宝石的人是我。"

"怎么找到的？"

"很简单。那个横穴只有川濑家的人才知道。而且……那个横穴里面……"

有我妈的尸骨——香奈男说。

"尸骨……"

"对。池田叔叔或许知道，远内没有檀那寺 [1]。因为远内的人不

***

1　檀那寺，家族皈依及墓地所在的寺院。

被允许成为寺院的檀家[1]，所以也没有墓地。"

"这里没有墓地吗？"美由纪问。

"没有。在这里过世的人，都是随便找块地埋了。几百年前就是这样。像是森林或是哪里，埋在各种地方。没有墓碑。不过被丢在这里的人另当别论。"

池田皱起眉头。

"我妈过世的时候，我是个还不满十岁的孩子。那时候远内这里已经没有别人了，我根本无计可施吧？因为无能为力，只好把我妈就那样放着。就算想埋了她，我也挖不了墓穴，所以勉强把她拖到屋子后面，让她躺在那里。我只能做到这样了。过了两年左右，我妈的尸体就化成骨头了。所以我拿到池边洗干净，埋在屋子后面，就只有骸骨……"

安放在祠堂底下。

"因为龙王池是远内最美的地方。"

香奈男望向池子。

"我不懂什么神圣、清净那些，可是觉得池子很美。水也是，从来不曾变得混浊。水是从那处横穴底下涌出来的，流之不尽。所以即使在夏季都沁凉无比。如果那时候我不是那么小，一定就把我妈的遗体放进那个横穴里了。在尸身腐烂以前。所以我忽然想到，我爸应该也会有一样的念头。所以……"

"这样啊。"

原来是这样。

---

1 檀家，属于特定寺院的信徒，会布施该寺院，葬丧法事皆请该寺院进行。

因为这样。

"所以我潜进水里查看，结果找到了。不出所料。我爸发现自己死期将近，躲进了那里。就只是这样而已。"

"香奈男先生，"敦子提问，"你……究竟是什么时候知道这件事的？"

"不久前而已。"香奈男答道，"是丢了饭碗，回到这里以后。"

"这样吗？但你七年前回来的时候呢？那时候你就看到血迹了吧？"

"对。但一般不会想到那种事。又没有尸体。所以我只是觉得我爸应该是受了伤回来，又去了别处。那时候我还小嘛。后来我从久保田先生那里听说我爸七年前过世的事，才想到这个可能性，潜进池子里查看。"

"可是……这样还是很奇怪啊。"

美由纪插嘴。

"仔细想想，久保田先生怎么会知道你父亲过世的事？这很**奇怪**吧？"美由纪站在门外说。

"不奇怪啊。"

"不，这说不过去。一个被推进海里，遭到推撞，差点溺毙，因此落入黑道手里的人，无从知道其他人的下落啊。香奈男先生，你是不是隐瞒了什么？"

"你们这些人怎么这么爱钻牛角尖？"

香奈男走到泥地上，笑了一笑。

他相当瘦削。

"没错，就像那个女生说的，我省略了一些细节。首先是……

久保田先生目击到我爸拿着装宝石的盒子跳进水里。在他被推落的前一刻。"

香奈男缓步前行，就像在估算时间。敦子受到压迫，往后退去，离开门口，和美由纪并排站在一起。

"可是，久保田先生在水里遭到冲撞的时候，也看到撞他的人……手里拿着盒子。"

"可是，这样不是很奇怪吗？妨碍久保田先生游泳的是菅原先生吧？我刚才看到他的屁股了，有个像栗子馒头的图案。攻击久保田先生的，是屁股有宝珠的人吧？"美由纪追问。

"对，所以久保田先生似乎一直认定陷害他的就是我爸，川濑敏男。可是认识我之后，久保田先生得知川濑敏男的屁股并没有什么刺青。怎么可能有呢？我爸一直住在这里，后来就直接进了军队。如果是在战场上刺青的，那另当别论。所以这么一来，攻击久保田先生的人……"

是龟山？广田？还是菅原？

"不管是谁，总之那家伙在水里从我爸手中**抢走**了盒子。"

"啊，这样啊。"

"不过这也是当然的。如果宝石在我爸手里……对陛下无比忠诚的我爸，不可能老老实实把宝石交给被私利私欲冲昏了头的家伙，或是怨恨国家的家伙。如果盒子一开始在我爸手里，后来落入其他人手里，那么中间肯定发生过某些争执。所以久保田先生说，如果我爸的屁股没有刺青，那么我爸应该已经被抢走盒子的人杀死了。可是……"

久保田先生不知道抢了宝石的到底是龟山、广田还是菅原——香奈男说。

"只是，久保田先生深信唯一可以确定的，就是那个人屁股有宝珠刺青。也是这个人陷害他，害他失去了一只手。如果他知道是谁，一定会说出名字，但他是真的不知道。"

"就算是这样……你也骗了久保田先生吧？"敦子说。

"我何必骗他？"

"就算不是骗，香奈男先生，你也……并未完全相信久保田先生吧？"

"什么意思？"

就在此时……

龙王池一阵波动。

但并未激起波涛，或发出水声。

然后菅原……背朝上浮了出来。

"快！快点把他捞起来！"

敦子大喊。

池田和益田跑到池边。敦子和美由纪也过了桥。多多良跟上去。

轻轻回头一望，只见香奈男面无表情，神情麻木地看着池子。

池田半个身子进池，把菅原拉到池畔，美由纪、敦子及益田合力将他拖上岸。水冰得几乎把手冻僵。明明时值盛夏。

"溺水了。"多多良说着骑到菅原身上，按压他的胸部。

"本、本官来……"

池田进行人工呼吸。

反复几次后，菅原吐出水来，猛力深吸一口气……接着以看怪物般的眼神看着香奈男。

香奈男以毫无霸气的动作过了桥，在菅原旁边停步。

"你们……救了他。"

"这是当然的啊，香奈男，看到有人溺水，没有公仆会见死不救。"

"是啊。"香奈男说，屈身探头看菅原的脸，接着问，"底下……有什么？"

"那、那是……那是……"

牙齿打战。

"那个呢，是河童啊。不，还是猴子？"香奈男说。

"河童！"多多良大叫，"有有有、有河童吗！"

他探头看池子。

"老师，会掉下去、会溺死的！我们可没办法把你拖上来，不要乱来！"

益田抓住了多多良的背心。

"菅原先生……你运气真好。运气真是抵挡不了的。虽然我……**只要你一个就好了。**"

香奈男这么说。

"是你刺了我爸吗？"

菅原以充血的眼睛仰视着香奈男。

"你刺了我爸，对吧？你刺死他，抢了宝石，对吧？"

菅原艰难地翻身，呛咳了几下，接着总算发出声音：

"他、他不可能活着。连他能跑到这种地方，都教人无法置信。不可能。那、那家伙、川濑那家伙，都中刀了，却还继续游，继续追我。那、那家伙太死缠烂打了。他在码头上扑向我。我、我害怕起……"

川濑的眼神。

"他趁我畏缩的那瞬间，把盒子抢走了。所、所以……"

"所以怎样？所以你又刺了他吗？"

"没错！"菅原说，"一刀又一刀，我刺了他好几刀。但是那家伙还是不肯放手，紧抓着盒子，就这样掉进海里了。我找了好久，怎么也没找到他，也没看到盒子。川濑跟宝石都消失了。他不可能还能游泳。他应该死了。那家伙……"

菅原抱住头，痉挛、呻吟起来。嘴角溢出白沫。

"是撞到头了吗？这是脑震荡了吗？本、本官把他背下去。久我原有医院……"

池田没有特定对象地说："后面就拜托了。"背起菅原跑了出去。

"好强壮。"益田说。

"啊，这样的话，他会得救吧。"

嗯，这样算好吗？——香奈男说。

蝉唧唧大吵。

草叶哗哗摇颤。

香奈男依然面无表情。

池子一片寂然、一片澄澈。

"香奈男先生。"

敦子呼唤，香奈男依然没有反应。

只是注视着池子清澈的水面。

"香奈男先生，"敦子再呼唤了一声，"池底的河童……是你的父亲，川濑敏男先生……对吧？"

　　听到敦子这话，香奈男总算把脸转向她，睁大眼睛说："你居然猜得到。"

　　"等等，敦子小姐。"益田开口，"意思是尸体吗？呃，可是他七年前就死了……那，是骸骨吗？"

　　"是……尸蜡吧。"敦子说。

　　香奈男笑了笑，说"我不知道"。

　　"我爸维持着和生前一模一样的姿势，在池子里的横穴里，抱着我妈的头骨坐着。现在也是……"

　　香奈男望向池子水面。

　　"什么是**尸蜡**？"美由纪问。

　　"就是蜡啦，蜡。"多多良说，"在低温、不会氧化的环境当中，尸体的脂肪会皂化，变得像肥皂那样。一旦变成尸蜡，就不会腐败，也不会化成骨头；因为不会干燥，所以也不会变成木乃伊。看上去……就像个蜡像。"

　　"噢，那么……"

　　"那里是洞穴里面，池底的横穴深处……所以非常阴暗吧。不管水再怎么清澈，也看不清楚。那么看起来一定就像个活生生的人。"

　　"哇！"美由纪尖叫，"那、那一定很恐怖……"

　　美由纪望向池子水面。

　　敦子问："香奈男先生，那个横穴有多大？"

　　"高度和宽度都不到一米。深度大概两米，里面深处的顶部要高一些吧。"

敦子想象起来。

潜进冰冷的池水，发现洞穴，探头望进去。

应该早已死去的男子以如同生前的模样坐在那里。

面对着这里——

绝对……会吓得魂飞魄散。

如果在狭小的洞穴里吓得反射性后仰，头顶或后脑也有可能撞到洞穴的顶部。不，似乎每个人都撞到了。在这个阶段，应该就会陷入呼吸困难。

然后……

"原来是这么回事啊。"益田说。

他应该想到是什么状况了吧。

"嗯，一定会大吃一惊。倒不如说，在水里没办法憋气憋太久，而且要是受到惊吓，就会喝到水。陷入恐慌，又撞到脑袋的话……"

"会溺水。"多多良说。

"你是……刻意这么安排的吧？"

"天晓得。我不清楚是怎么回事。噢，在江尻水产工作时，我听到久保田先生说我爸可能已经死了……在那之前，我连抢夺宝石的事都不知道，所以相当震惊。后来我们两个都被解雇了。久保田先生说，如果我没有地方可以去，可以跟他一起去东京。他是个好人。但我无论如何都想回来一趟……我刚才说有血迹是真的。我在七年前看到了血迹。所以猜想或许我爸是在那时候回到这里，然后死掉了。这是真的。所以……"

结果。

父亲。

就在池底。

"所以我前往东京，告诉久保田先生这件事，只是这样而已。我觉得应该告诉他一声。结果久保田先生说，我爸一定是被杀的。他说不是龟山、广田，就是菅原下的手，他们当中屁股有宝珠刺青的那个人就是凶手。我也是这么猜想，可是又查不出到底是谁……我自以为聪明，偷窥厕所什么的，结果引起了骚动。所以我死了心，回到远内这里来了。"香奈男说。

"回来了？什么都没做？"

"没什么好做的啊。幸好江尻社长发了一笔……那叫离职金吗？给了我们一笔钱，所以生活暂时不用愁。"

"那，久保田先生为什么要叫三芳先生做仿造宝石？"益田问。

"是为了拍照。"敦子说，"应该是要利用那照片，来探探对方的反应。"

"对方……是指剩下的三人吗？"

"对。如果就像香奈男先生说的，那么久保田先生真的不知道宝石是谁拿走了。如果是川濑先生拿走的，那么宝石就在远内这里。但也有可能在其他人手中，所以……"

"他试探了他们？"

"比方说，对于广田，他亮出宝石的照片，说川濑好像把宝石藏在了故乡……"

"这样啊，如果广田就是抢走宝石的人……"

"可以从反应看出来呢。"美由纪说。

"广田在浅草一带似乎小有名气，一定很快就查到他的所在了。广田和龟山后来似乎仍有交流，所以也能得知宝石不在龟山手里。所以龟山那里……"

"龟山的住处是我查出来的。为了偷窥。"香奈男说，"我也找到了菅原的住处，一样告诉久保田先生了。对久保田先生来说，宝珠男一样是他的仇人吧。所以……"

"这样啊。"

"不过那些都和我无关。"

应该是吧。

"我不知道久保田先生想要做什么。久保田先生只是……"香奈男指向池子，"就死在那里了。"

"咦呀！"益田发出怪叫声，"那，久保田先生的目的到底是什么呢？嗯，如果宝石在川濑先生以外的人手里，那么就像这个人说的，对久保田先生来说，那个人也是他恨之入骨的仇人，可是……"

"贪念啦贪念。"多多良说，"比起恨意，贪念更强啦，对吧？就是说吧？"

是……这样吗？

敦子认为，或许久保田悠介真的想要继承川濑的遗志，将宝石归还皇室。当然，也有可能只是利欲熏心。但益田和仲村幸江，连香奈男都说他是个好人。

"某天，"香奈男说道，"噢，从东京回来以后，我就以这里为根据地，在这一带打零工过活，结果某天回来一看，久保田先生已经死了。喏，就在那边……东水那边。我见状起初莫名其妙，惊讶极了，但慢慢就想到了。"

香奈男看着河面，就仿佛那里仍然漂浮着尸体。

"这个人应该是以为宝石在这里，所以才跑来的。然后他四处寻找，最后跳进池子……"

遭到了天谴。

"这么一想，久保田先生所说的一切，全都变得可疑起来了。毕竟嘴上要怎么说都成，其实我根本没必要相信他吧？没错，就像那个女人说的，我并不相信久保田先生。不，不对，我是看到浮在那里的尸体以后，没办法相信他了。可是……我并没有骗他。"香奈男说。

应该是吧。

至少久保田悠介似乎是自己跳进了偶然形成的圈套里。

"我也觉得，说穿了，久保田先生就只是想要钱而已。既然如此，他跟其他人也没两样吧？我是川濑敏男的儿子，所以他对我撒谎，虚情假意……我开始这么觉得。搞不好他是把一切推给同伙，装出被害者的嘴脸，其实他只是把自己的所作所为赖到同伙身上，杀了我爸的就是他——这样的念头闪过脑海。所以……"

"你检查了他的屁股啊？"益田说着张大了嘴巴。

"对。为什么呢？屁股刺青的事，也只是久保田先生这么说而已，如果那就是他自己，应该不会特地说出来。后来我才想到这件事，但当时不知为何，我觉得非确认不可。不过什么都没有。我在检查的时候，从裤子后口袋找到了那张照片……"

原来香奈男偶然间得到了宝石的照片吗？

"我看了也不懂那是什么，只知道好像是宝石，所以我猜想应该是以前拍的照片。照片湿了，而且我看过的照片没有多少，所以看不出是新是旧。"

"久保田先生的尸体呢？"

"顺流漂走了。他不是远内的人，不能埋葬在这里。"

"怎么不报警呢？"益田说，"池田巡查不是好人吗？"

"我是想到过池田叔叔，可是因为我之前做出偷窥行为，不太敢去驻在所。结果没过几天……"

广田也死了——香奈男说。

"他卡在屋子前面的桥那里。不，或许我发现的时候，他还没有完全断气。可是，比起救他……"

"先检查屁股比较重要吗？"益田遗憾地说。

"对。我莫名其妙地生起气来。他们会死，就是因为利欲熏心吧？为了那种东西，连命都赔上了，不觉得很蠢吗？我爸也是一样。为了什么而送命？为什么非死不可？"

香奈男激动起来。

"我爸是谁杀的、凶手是谁，或许对我都不重要了。我也没有想过要复仇、报仇那些的。只是，我开始觉得那些为了宝石，不惜拿性命陪葬的守财奴，死掉是他们活该。我妈没东西吃，活活饿死了。是我爸害的。而我爸为了莫名其妙的使命感丢了性命。不是为了家人、不是为了父母和孩子，而是为了连见都没见过的人送死，这到底算什么？"

但我活着——香奈男说。

"我没有钱，受尽歧视、备受欺凌，但我活着。人是可以活下去的。然而拥有足够生活的经济能力，可以吃饱穿暖的家伙们，还有什么好贪图的？久保田先生确实身体残缺，也丢了工作，但跟以前的我比起来，还是好太多了。而且浅草的人都很好心。广田也是，他失去家人，或许是有着悲惨的过去，但他还是过得很开心。这些人都是可以活下去的。然而……"

为何非死不可？

"为了活下去，没有什么是不可缺少的。即便有，也只有一点点而已。超出必要的金钱、奢侈、名声那些，那种东西要来做什么？为了那种东西，甚至连命都可以不要吗？我完全不懂。我才是错的吗？我真的搞不懂了。"

"那……然后你去找了龟山，对吧？这是为什么？"

"因为我不知道久保田先生在计划什么。我不明白为什么他们会一个接着一个跑来远内，所以想要查出来。剩下的就只有龟山和菅原了。所以我先去找龟山。不，菅原那里我去过好几次，但不管什么时候去，他人都不在，而且那人很可疑。龟山的话，他有老婆，看起来过得相当幸福，所以我以为他应该不会对宝石有任何兴趣……"

没想到他也是一样——香奈男说。

"他听了我的话，张口结舌、眼睛发亮，问我：原来久保田说的是真的吗？噢，龟山好像本来不相信久保田先生的话，或者说他根本不相信久保田先生这个人。他似乎觉得宝石的事无所谓了。他说久保田先生曾经联络他工作的地方，但他没有理会。"

这样才是对的——香奈男说。

"龟山过得很满足，所以应该完全没必要来蹚这浑水。可是我一亮出宝石的照片，他就好像变了一个人。我说，其实我找到这样的东西，但不知道是什么，所以想请教他，这是值钱的东西吗？我本来想问久保田先生，可是他已经过世了……结果龟山刨根问底地打听地点等细节。他问我什么，我全都告诉他，就这样而已。他还叫我把照片给他，所以我也给他了。"

"那时候你……已经知道了吗？"美由纪问。

"知道什么？"

"久保田先生和广田先生为什么会死。"

"啊。"

香奈男抬头望天，蝉鸣声突然停了。

"我去找龟山的时候，就已经隐隐约约猜到他们两个怎么会溺死了。但我不认为那样做就一定会死，更何况我也没有杀人的念头。"

美由纪露出哀伤的神情。

"看到龟山那反应，我猜想他也会来。后来我还是去找了一下菅原，他还是不在家。结果我一次都没有见到菅原，刚才是我们第一次见面。既然他不在家，那也没办法。所以我直接回到远内这里了。照片也送出去了，我觉得已经没我的事了。不管龟山来还是不来，都随他去吧。而且我认为就算置之不理，菅原应该也会来。反正久保田先生一定已经告诉他了。"

"似乎没有。"敦子说，"久保田先生的确也去找了菅原先生，但我想对方没有理他。"

"怎么会？"

"不管久保田先生说什么，因为川濑先生是菅原亲手杀害的——虽然实际上并未当场断气，但总之是菅原亲手刺伤了川濑先生，所以就算听到宝石在千叶的深山里，他一下子也难以置信吧。你回来以后，龟山似乎去找了菅原，菅原应该是在那个阶段，才总算确信的。"

"嗯……"

每个人都一样——香奈男对着池子说。

"结果就是想要钱吧。不惜陷害别人、杀害别人，也想要钱。"

接着香奈男突然回头：

"这算是设圈套吗？他们都是自己跑来，自己死掉的。我可没有引诱他们。我什么也没说，反而隐瞒了最重要的事。我只是撒了一个小谎而已。至于他们是否会因此起歹念跑过来，不是我能决定的事。他们是利欲熏心自己跑来的，然后为了利欲而死。这是自作自受吧？虽然刺伤我爸的是菅原，结果却只有菅原一个人活下来了。"

"或许……不是利欲熏心哦。"

敦子这么感觉。

"你说不是？"

"龟山和菅原似乎发生了争吵。我猜龟山应该是那时候察觉到可能是菅原伤害或是杀害了川濑先生，所以……"

龟山应该是来查证的吧。

"查证什么？"

"人已经死了，所以真相如何，已无从得知。但如果远内这里有失窃的宝石，或者是川濑先生的遗体，就能当作是菅原犯罪的证据吧。"

"你是说……龟山想要检举吗？检举菅原？"

不可能吧——香奈男说。

"这样他自己也会被抓吧？他也是共犯啊，盗窃共犯。"

"我认为有些事即使自己会蒙受其害，也无法坐视不理。"

"我……无法相信。"香奈男的眼神变得杀气腾腾，"蒙受其害？别说蒙受其害了，他是想要获取莫大的利益吧？如果他不是那种人，一开始根本就不会参与什么抢劫宝石的行动。我说的不对吗？哪有可能事到如今才洗心革面？就算检举菅原，龟山又有什么好处？"

没好处的事，人才不会去做——香奈男忿忿地说。

确实，那也有可能是精打细算之后的行动。

但是……

"我认为龟山对于久保田和广田两人的死，应该也抱有某些疑问。或许他已经察觉到你——香奈男先生想要复仇的念头。"

"那样的话，他就不会过来吧。反而会逃得远远的才对。"

"或许他是来阻止你的。"

"什么？"

香奈男叉开双腿，瞪着敦子。

"怎么可能？那个人利欲熏心，想要独占宝石，然后自己死掉了。绝对是这样的。龟山也是那种表情。他看到宝石的照片，开心极了！"

"这种事谁知道！"美由纪大喊道，"不管一个人是什么表情，都不可能看得出他内心的想法。人家都说我不管遇到什么事，看起来都像个没事人，可是我心里一点都不平静！别人的心情，不是那么容易懂的。你那种说法，只是一厢情愿地认定罢了！"

"不，我知道，我看得出来。人不是那么容易就会改变的。七年来一直保持沉默的家伙，不可能事到如今才想要揭发犯罪行为。如果他真的想揭发，老早就去自首了。"

"或许他一直在烦恼啊！"

"太可疑了。"香奈男夸张地摇头，"他一直装作毫不知情，快乐逍遥地过日子，不是吗？再说，看了宝石的照片，哪有人还会有那种清高的念头！"

绝对是萌生贪念了——香奈男以咒骂的口气说。

"这还用说吗？他就是想要钱。绝对是的。我是不知道那些宝石值多少钱，但价值应该足以让好几个大人围拢上来，为它争个你死我活。既然如此，当然也会鬼迷心窍。就是这样的，哼！"

香奈男踹了一下地面。

飞扬的沙土在池面激出涟漪。

"每一个都死爱钱。"

"不是那样的！"多多良语气强硬地说，"河童呢，讨厌金属，所以虽然爱吃鱼和黄瓜，而且好色，但没有河童是爱钱的！世上没有那种河童。河童没有金钱欲！而且重诚信，讲信用，即使牺牲性命……"

"那，我爸果然是河童……"

香奈男无力地说完，颓然跪地，在池畔坐了下去。

"因为五个人里面，唯一不想要钱的，好像就只有我爸。可是我爸那个人比守财奴还要糟糕。他把可笑的传说当真，为了从未谋面的人去打仗，忠诚地赌上性命，保护宝石……"

就这样死了。

"那……每个人都是河童。"敦子说道。

"什么意思？"香奈男问。

"久保田先生似乎打算，如果这次能取回宝石，不是要把宝石拿去变卖，而是要归还皇室。姑且不论是不是真心，但可以确定的是，他对朋友三芳先生是这样说的。那么，广田和龟山或许也是继承你父亲……"

"不要说了！"

香奈男拔起池边的草扔到水面。

"不要让我说那么多次。不管发生什么事，人的本性都不会变。要是有那种善根，七年前就根本不会拉拢菅原那种人一起合谋。你也看到菅原刚才的态度了吧？根本就是个流氓无赖。我也是在底层打滚的人，但从没见过他么恶劣的家伙。既然都会拉那种人进来了，他们每一个都是贪婪的守财奴。而我爸是愚蠢的河童。我……"

是卑贱的河童之子。

真是大快人心啊——香奈男笑道。

"根本没有那种东西。这里有的，就只有我爸的尸体和我妈的骨头。只有为陛下上战场、为陛下偷宝石、为陛下丢了性命的傻子，和成了那傻子的牺牲品的可悲女人。然而每个人……"

"没有宝石的盒子呢。"美由纪问。

"本来就没有。"香奈男说，"这就是我撒的唯一一个谎。没有那种东西。我只对久保田先生说，我爸的尸体在水里。他问我有没有看到宝石盒，我说没看到。因为我也不知道那是怎样的盒子。"

"为什么不说？就是因为你撒谎，久保田先生才会托人做仿造品，想出某些计划……"

"跟那没关系。我又没说有宝石，只说我没看到而已，这不算什么大谎吧？可是其实没有。如果宝石装在照片上的那种木盒子里，早就不知道漂到哪里去了。如果盒子在漂流途中破损，宝物老早就埋在河底的泥沙里了！"

"如果没有盒子的话，表示你父亲早就改变了。"美由纪说。

"哪里改变了！"香奈男捶打地面，"少在那里摆出一副很懂的样子！"

"自以为懂的人是你！"

你够了！——美由纪吼道，叉开双脚站在香奈男面前。

"你仔细想一想，你父亲在最后一刻**选择了你母亲**，不是吗？"美由纪这么说道。

香奈男一脸憷然地抬头看着美由纪。

"什么……意思？"

"因为你自己不是说，你父亲在水里抱着你母亲的遗骨吗？"

"对啊，我爸抱着我妈的头骨……"

"那样的话，"美由纪站到香奈男正前方，"尸体是不会动的。要是人死掉了，就不可能拿起遗骨了。这也就是说，你父亲还活着的时候，就抛下了宝石盒，拿起了你母亲的头骨，不会是这样吗？"

"咦？"

"除此之外，没有别的可能了。你父亲知道，那就是他妻子的头骨。"

"可是，我没有把我妈的事告诉我爸……"

"不知道为什么，但他就是知道。"美由纪重申，"一个受了重伤、随时都会死掉的人，为什么会进入池底的横穴？因为要把比性命更重要的东西藏起来——除此之外，没有别的理由了吧？"

"所以……我爸这么做了啊。"

"那么，他应该拿着宝石盒才对吧？"

"这又怎么了？"

"然而却没有宝石盒，是因为他放手了啊。因为他放手了，所以宝石盒才会不知道去哪里了吧？"

"这……"

"如果是木盒，应该会浮起来。这里的水应该是不断地涌出，如果不确实抓紧，会被冲走的。放手会有什么后果，小孩子都知道！然而你父亲却放手了吧？为什么？你一直说本性难移、一个人是怎么样，一眼就可以看出来，那你不是应该看出来了吗？你说，是为什么？"

美由纪厉声说着。

"是因为洞穴里面有足以让他放手的理由啊！里面有比忠诚或名声、比宝石更重要的东西。所以他才会放掉宝石盒，拿起了那东西。那就是……"

你的母亲啊！——美由纪说。

"不可能有别的解释了。你父亲一看到头骨，立刻就悟出了那是什么、怎么会在这里，悟出了一切。所以，我不知道是为了忠诚还是一族的名誉，可是你父亲比起赌上性命得到的皇室宝石，他选择了你母亲的遗骨。面临死亡，你父亲更珍惜自己的妻子！"

"爸……"

爸、爸、爸……香奈男不断地呼唤。

"确实，人难以改变……但有些时候，只是误以为自己就是这样、应该这样做而已。有时候本性根本就不是这样的。我的朋友——还是不算朋友？我认识的人里面，有人相信自己就是恶魔之子，结果因此做出很多残忍的事来，最后……被杀掉了。但如今回想，我觉得她是个很好的人。"

美由纪的声音哽咽起来。

"她只是碰上了让她不得不相信自己是恶魔的现实，所以才硬逼自己如此相信。只要境遇稍微有所不同，我和她一定能成为好朋友的。"

这让我很寂寞——美由纪说。

"你的父亲……是不是也是这样？他只是一直努力勉强自己如此相信，但其实或许不是那样的人。其他人也是一样。你每件事都一口咬定就是如何，但这根本就是乖僻！他是你父亲，你这个做儿子的应该要相信他吧！"

敦子也这么认为。

"就这样认定自己的父亲是河童……真的好吗？"敦子说。

香奈男哭了。

然后……

川濑香奈男向总元的驻在所自首了。

小山田似乎把他带去了县警本部。但据交接的比嘉巡查的说法，那位刑警感到十分头大。

说是不知道能以什么样的罪名来立案。即使硬要移交检方，案子也不太可能成立。又不是河童，没办法不经审讯就直接惩罚，所以这也是当然的。

香奈男所犯下的罪行当中，唯一确定可以起诉的罪状，就只有偷窥这项轻罪而已。

池田巡查送去久我原私人医院的菅原市佑保住了一命。

是池田急救有功。

不过头部的撞击伤出乎意料地严重。在撞到横穴的顶部时，似乎造成了轻微的脑震荡。

虽然据说因此水喝得不多，因祸得福。

浮上水面的时候，菅原虽然一度恢复意识，但记忆似乎相当混乱。

据说恢复之后，似乎也一直处在恐惧之中。

结果没有人告诉他，他在池底遇到的东西是什么。七年前自己亲手杀死的对象，居然以和生前一模一样的姿态出现在眼前，要叫他不陷入恐慌，才是不可能的事。

等到可以出院的时候，菅原被逮捕了。

本人似乎主张什么也没做，但警方打捞起来的川濑敏男的遗体身上找到多处生前造成的刺伤，因此菅原蒙上了伤害致死的嫌疑。他似乎还有许多其他罪嫌，据说不管怎么样，都一定会依某些罪嫌被起诉。

此外……

据说警方计划在近期针对疑似盗卖隐匿物资的黑道集团展开

调查。与本案相关的案件虽然已经超过了七年，但接收解除贵金属及钻石相关案件，至今仍在积极侦办中，那么此案也不能坐视不理吧。

川濑敏男尸蜡化的遗体，将在验尸之后予以火化，和妻子的遗骨一同埋葬。

稻场麻佑的外祖父——前校长尽力安排葬礼和埋葬等事宜。

附带一提。

听说池塘深处的祠堂里面是空的。

至于原本就是空的，还是御神体失窃，又或是阴差阳错漂走遗失了，则是不明。

三芳彰制作的五颗仿造宝石，在久保田悠介下榻的浅草一带的廉价旅店的天花板上被找到，存放在和照片一样的木盒子里。

从照片上来看，精美无比，几乎以假乱真，但据说看到实物的人，一眼就能看出那是玻璃珠。不过制作得十分精致，完全可以骗过从未见过真钻石的外行人。

仿造宝石听说被警方当成证物扣押了，至于要作为证明什么的证物，详情不明。而且它的所有权相当微妙。三芳没能拿到制作费用，但只因为东西是他做的，就归还给他，他应该也无从处置。

不过，听说三芳领回原本可能当成无亲亡者处理的久保田的骨灰，放进父母安葬的墓地里供养。

三芳说，因为久保田是他的朋友。

近二十天过去了。

敦子前往自家附近的零食小卖部儿童屋。

因为她觉得或许可以遇到美由纪。

敦子听闻前些日子，在美由纪就读的学校出没的偷窥狂被**捕获**了。

不是逮捕，而是捕获。

令人惊讶的是，在校园内出没的是真正的猴子——日本猴。

儿童屋就像是美由纪的秘密基地。

新学期很快就要开始了。敦子估计美由纪也差不多要从老家回宿舍了，所以过来看看。

不出所料，美由纪就在那里。

美由纪一看到敦子，立刻伸直了长长的手臂，大大地挥动。

"居然是猴子耶！"敦子一走近，吃着袋装爆米花的美由纪便愉快地说。

看来她早已察觉敦子的来意了。

"好像是呢。"敦子说着在美由纪对面坐下来。是很廉价的长板凳。她本来想买些什么，但没看到顾店的老婆婆。

"老奶奶不在哦。"美由纪说，"她说佛坛的香用完了什么的，跑去买了。敦子小姐，要吃点什么吗？"

"不好意思，不用了。"敦子说，只买了一瓶弹珠汽水。

"就是，偷看人人憧憬的瞳学姐的，是一只饿肚子的猴子呢。结果主张河童是猴子的岩手人市成同学占了优势，但宫崎人桥本同学坚持说猴子就是猴子，小泉同学居间仲裁，我们班整个掀起了河童热潮……"

根据风闻，似乎有个住在上马的男子打算在过年期间靠耍猴挨家挨户讨赏赚一笔，跑到八王子一带，辛辛苦苦抓到了一只猴子，却不知道该拿它怎么办，还没开始调教，就让猴子给跑了。

真是件好笑的事。

"那人好像觉得是无本生意，划算得很，但不可能那么顺利。光是抓猴子就很辛苦了，还要调教猴子，难度应该更高。"敦子说。

"就是说嘛。"美由纪说，"还要花饲料钱。不可能养在公寓呢。那个人好像被警察狠狠地训了一顿……"

让猴子逃走的男子向玉川署报案遗失，但那根本不是宠物，而是野生动物，而且有可能危害邻近居民，因此警方立刻展开搜索。

猴子一开始似乎潜伏在驹泽球场周边的森林，但为了觅食，溜进美由纪的学校，就此定居下来。

进入暑假，校园人变少了，粮食短缺，所以猴子跑出来觅食，结果被抓个正着。

"多多良老师很生气。"

听到这件事，多多良胜五郎大为愤慨，说外行人才不可能耍什么猴子，接着便滔滔不绝地讲述起耍猴这门技艺在日本的神圣历史。

但敦子左耳进右耳出，完全忘光了。

"那位老师真是个奇特的人。"美由纪佩服地说。

"是很奇特，但他在各方面都是个很厉害的人。而且无所不知。这么说来，老师也说什么河童没办法忤逆姓菅原的人……"

令人不解。

"香奈男先生会怎么样？"美由纪担心地问，"这次有许多人过世，但只能说是不幸呢。我自以为是地数落了一堆，但也能理解香奈男先生的心情。他……会被定什么罪呢？"

不好说。

"不知道呢。警方好像也找了一下宝石，但河里似乎连一颗都没找到。不过也完全不晓得要从哪里下手、如何下手吧……"

"脾气古怪的夷隅川水系很复杂的。"美由纪说，"连河童都找不到嘛。"

"就是说啊。或许……"

已经献给龙神啰——敦子应道。

《鸟山石燕 画图百鬼夜行》(鳥山石燕 画図百鬼夜行)

　　　　　　　　　　　　　高田卫　监修 / 国书刊行会

※

《千叶县乡土志丛刊·千叶县夷隅郡志》(千葉県郷土誌叢刊·千葉県夷隅郡誌)

　　　　　　　　　　　　　夷隅郡公所　编 / 临川书店

《总元村史》(総元村史)　　　　　総元村史编纂委员会

《用眼睛吃东西的日本人——食品样品诞生史》(眼で食べる日本人 食品サンプルはこうして生まれた)

　　　　　　　　　　　　　野瀬泰申 / 旭屋出版

《近代日本食文化年表》(近代日本食文化年表)

　　　　　　　　　　　　　小菅桂子 / 雄山阁

《昭和——两万天全记录》(昭和　二万日の全記録)

　　　　　　　　　　　　　讲谈社

《第五福龙号事件》(第五福龍丸事件)

　　　　　　　　第五福龙号事件编辑委员会　编 / 烧津市

《第五福龙号航海中——比基尼氢弹试爆受灾事件及受辐射污染渔船六十年记录》(第五福竜丸は航海中 ビキニ水爆被災事件と被ばく漁船 60 年の記録)

　　　　　　　　　　　　　第五福龙号和平协会

《县别河童小事典》（県別河童小事典）

和田宽 / 河童文库

《河童的文化志　明治·大正·昭和篇》（河童の文化誌　明治·大正·昭和編）

和田宽 / 岩田书院

※ 本作品为作者所创作的虚构小说，故事中登场的团体名、人名及其他，如有雷同，纯属巧合，特此声明。